L'ÎLE DES CHEVAUX

Titre original :
The Island of Horses

Publié pour la première fois en 1968
chez Faber and Faber Ltd, Londres.

Loi n° 49-956 du 16 juillet 1949 sur les publications
destinées à la jeunesse : mai 1995.

ISBN 2-266-08633-2

Eilis DILLON

L'île des Chevaux

Traduit de l'anglais par
Huguette Perrin et Nicole Rey

NATHAN

LE CADRE

Inishrone, petite île irlandaise, au large de la côte de Connemara. Rossmore, gros bourg côtier. L'île des Chevaux.

LES PERSONNAGES

Danny Mac Donagh, le narrateur, 15 ans.
Son père et sa mère.
Pat Conroy, son meilleur ami, 16 ans, très aventureux.
John Conroy, frère aîné de Pat.
Le père et la mère de Pat.
La grand-mère de Pat, une remarquable vieille dame.
Mike Coffey, un marchand itinérant dont mieux vaut ne pas se faire un ennemi.
Andy Coffey, son grand dadais de fils.
Barbara Costelloe, la fiancée de John Conroy.
Stephen Costelloe, son père, le plus important commerçant de Rossmore.
Les demoiselles Doyle, postières d'Inishrone.
Le capitaine hollandais.
Luke-les-Chats, un bien curieux personnage.
Familles de pêcheurs d'Inishrone, divers habitants de Rossmore, gardes civils, chevaux, pouliches et poulains...

CHAPITRE PREMIER

OÙ NOUS PARTONS POUR L'ÎLE DES CHEVAUX

Lorsqu'il m'arrive aujourd'hui de penser à l'île des Chevaux, je la revois telle qu'elle m'apparut du bateau, la première fois que j'y abordai. Jusqu'alors, je l'avais vue comme un croissant plus sombre, se détachant au loin sur le bleu de la mer. Elle était généralement ourlée d'écume blanche là où les vagues déferlaient sur les rochers. Durant les tempêtes, les embruns dardaient vers le ciel des langues neigeuses, puis retombaient en un poudroiement de brume. Nous ressentions leur fracas à sept milles de distance, même si nous ne pouvions l'entendre. Le ciel et la mer étaient alors d'un gris de plomb, mais l'île brillait d'une étrange lumière, comme argentée, et les habitants d'Inishrone prétendaient que les farouches destriers espagnols essayaient d'aborder sur l'île des Chevaux.

Inishrone, c'est notre île. Elle est située à trois milles au large de la côte de Connemara, presque à l'entrée de Galway Bay. Elle projette dans la baie ses contours épais, avec de hautes falaises qui nous évitent d'être balayés par les fortes lames de l'Atlantique durant l'hiver. Lorsqu'on se trouve au sommet des falaises, par un beau jour d'été, il semble que l'on pourrait atteindre d'un jet de pierre le phare de Bungowla, qui domine la plus grande des îles d'Aran. Inishrone est un beau coin, et nous y avons une vie bien plaisante, mais qui ne conviendrait pas à tout le monde.

Des maisons sont disséminées à travers toute l'île, mais il n'y a qu'un seul village. On l'appelle Garavin, ce qui signifie « mauvais temps ». Il ne mérite d'ailleurs pas ce nom, car il est du côté abrité de l'île, là où se trouve l'appontement. Il y a deux boutiques, et une forge où l'on peut aussi bien faire cercler de métal la roue d'une charrette que ferrer un cheval. Il y a aussi la taverne de Matt Faherty, où les hommes de l'île viennent le soir boire une bière, et un bureau de poste tenu par les femmes les plus revêches de toute l'Irlande. Je ne sais pas si elles deviennent acariâtres à force de travailler à la poste ou si on les a choisies parce qu'elles étaient acariâtres ! En tout cas, nous avons à Inishrone un dicton vieux de soixante-dix ans : « Hargneux comme le chat de la poste... »

Nous avons établi nos pénates à l'ouest du village ; la terre y est très bonne pour les pommes de terre et convient aussi pour l'élevage. Nous y travaillions ensemble, mon père et moi, à l'époque dont je parle. Nous gardions notre vieille barcasse ancrée à l'appontement, toujours prête pour partir à la pêche ou transporter une cargaison jusqu'au continent ou bien, en longeant la baie, jusqu'à Galway.

Par une matinée ensoleillée de fin avril, j'étais sur la plage rocailleuse de Garavin, en train de ramasser du varech. Nous avions terminé la veille les semailles de printemps, mais nous étions très occupés à mettre en état un nouveau champ à l'aide de varech et de sable, afin qu'il soit prêt pour l'année suivante. C'était un travail pénible. Le varech était alourdi par l'eau et le sable, la faucille était émoussée. L'âne était de mauvais poil et renversa deux fois les paniers avant que je ne le sorte des cailloux ; après quoi il me regarda de côté en grimaçant, jusqu'à ce que je lui tire les oreilles. J'étais dans une belle colère contre le monde entier, lorsque j'ai levé les yeux et aperçu Pat Conroy, debout en haut de la grève, qui me regardait en riant de tout son cœur.

Pat avait seize ans à l'époque, soit un an et une bonne tête de plus que moi. Ses cheveux étaient très noirs, son teint mat, ses yeux bruns et profonds, et ses dents étincelaient de blancheur ; toute sa personne respirait l'aisance et la bonne humeur. Quand des Espagnols venaient amarrer leurs chalutiers à notre appontement, ils le prenaient souvent pour un des leurs. Cela n'avait rien d'étonnant : tout le monde savait qu'il descendait du soldat espagnol qui avait été jeté sur notre rivage, à demi noyé, du temps de la Grande Armada. Pat et moi étions de grands amis. En l'apercevant, ma mauvaise humeur disparut.

— Ton père te fait dire de ne plus te fatiguer à ramasser du varech ! me cria-t-il. Le capitaine hollandais arrive, et nous devons aller chercher des anguilles.

— Il faut d'abord que je ramène cette bourrique à la maison. Quel bateau allons-nous prendre ?

— Le vôtre. John est parti à Rossmore avec le nôtre.

John était le frère aîné de Pat.

Pat me laissa la faucille à porter, tandis qu'il faisait prendre à l'âne le petit chemin rocailleux qui montait de la grève. J'enrageais de voir comme il le guidait facilement, rien qu'avec un doigt posé sur ses sales oreilles frémissantes. Nous avons suivi le chemin vers l'ouest, nous éloignant du village ; puis nous sommes arrivés à un sentier qui se détachait brusquement de la route. Tout au bout, un peu en retrait, s'élevait notre maison.

C'était une habitation sans étage, comme toutes celles de l'île, et elle avait été si souvent badigeonnée que ses murs étaient recouverts d'une épaisse couche de chaux blanche et luisante. Son toit de chaume, solidement maintenu par des baguettes de saule, pouvait tenir tête aux rudes vents de l'hiver. De chaque côté de la porte d'entrée, les giroflées de ma mère embaumaient l'air. Elle avait bordé ses petits massifs de fleurs avec des pierres blanchies à la chaux et de ces gros flotteurs de verre ronds que nous trouvions souvent échoués sur la grève après une tempête. Je savais que c'était le plus beau jardin de l'île, et je ressentais toujours le même plaisir à l'apercevoir en débouchant du sentier.

Nous avons vidé le varech des paniers de l'âne et l'avons renvoyé à ses occupations.

Ma mère était à la cuisine. Elle venait de cuire une grosse miche de pain. Quand elle apprit que nous allions pêcher des anguilles, elle l'enveloppa dans un torchon blanc et nous le donna. Puis elle remplit une grande bouteille de lait battu et préleva quatre tranches sur le morceau de lard qui restait de la veille.

— Cela vous permettra de tenir la journée, dit-elle. Vrai, je me demande bien ce qu'on peut trouver de bon à ces anguilles ? On dirait des serpents... J'aimerais presque autant manger un serpent qu'une de ces bestioles !

— Du moment que le capitaine nous les paie en bon argent, cela nous est bien égal de savoir qui les mange, répondit Pat.

— Rapportez-moi donc un beau poisson de roche bien gras, nous cria-t-elle, tandis que nous nous éloignions, chargés de nourriture et d'assez de recommandations pour nous mener jusqu'en Amérique...

Ensuite, nous sommes allés chez Pat. Il demeurait encore plus à l'ouest. Il n'y avait personne chez lui, à l'exception de sa vieille grand-mère. Elle jeta un coup d'œil sur le torchon qui contenait nos provisions, sortit sa pipe d'argile de la bouche et dit :

— On va pêcher des anguilles, je suppose. J'ai entendu dire que le capitaine arrivait. Faites bien attention, sinon les anguilles vous mordront les jambes !

Et elle se mit à glousser de rire, comme si cette idée la réjouissait. Pat se dirigea vers le buffet et prit une jatte sur le rayon du haut. La vieille femme cessa de rire.

— Remets ça en place, mon garçon, murmura-t-elle, sans quoi je dirai à ton père où tu étais samedi soir.

Pat reposa la jatte, sans un mot. La vieille femme se remit à rire sans bruit, puis dit, un peu essoufflée :

— Bon, prends-en deux tout de même, fiston. Mais pas plus.

Pat tendit le bras, reprit la jatte, en retira deux œufs qu'il mit dans sa poche, et la replaça sur le rayon. Comme nous quittions la maison, la grand-mère nous cria d'une voix cassée :

— Rapportez-moi un crabe, petits. J'adore le crabe !

Pat promit de chercher un crabe et nous avons couru au-dehors, dégringolant la colline comme deux poulains échappés, jusqu'à l'appontement. En y arrivant, Pat se souvint des œufs dans sa poche. Il les sortit avec précaution ; par chance, un seulement était fendu.

— Comment a-t-elle su pour samedi ? demandai-je.

— Elle entend parler de tout, répondit Pat. Elle ne met jamais le nez dehors, et pourtant, rien ne se passe sur l'île sans qu'elle le sache, et aussi vite que n'importe qui. Mais je sais qu'il l'a renseignée pour samedi.

— Qui cela ? questionnai-je vivement, car j'étais avec lui ce samedi-là, et je ne tenais guère à ce que cela revienne aux oreilles de ma famille.

— Mike Coffey, naturellement, dit Pat amèrement. Tu ne l'imagines donc pas, installé là, en face d'elle, devant la cheminée, dorlotant son bol de thé au whisky en versant des larmes dans les cendres !

Il imitait si bien le ton patelin et faux de Mike que je ne pus m'empêcher de rire. « Oh, M'dame Conroy, pensez voir comme c'était dangereux ! Imaginez le pauvre gosse lâchant prise et tombant de la falaise comme une pierre dans la mer. Et tout ça pour quelques œufs de mouette ! Oh, M'dame Conroy, vous devriez le dire à son père, vous le devriez, vraiment, qu'il l'empêche de r'commencer. »

— D'accord, c'est Mike, dis-je, mais je ne crois pas qu'elle te dénoncera. Qu'est-ce qui te fait penser que c'est Mike ?

— Quand nous étions sur la corniche, à mi-chemin du bas de la falaise, il est passé en bateau tout près de nous.

— J'étais bien trop occupé à me cramponner pour le remarquer !

— Et puis, quand je suis rentré, nous nous sommes croisés à la porte. Et grand-mère n'a pas arrêté de rire en se frottant les mains, chaque fois qu'elle me regardait, jusqu'à ce qu'elle aille se coucher. Je me demandais bien quand elle finirait par le sortir !

Il disait cela sans aigreur. Pat et sa grand-mère étaient comme de vieux adversaires de boxe, mais, bien qu'elle lui donnât parfois de rudes coups, ils ne s'étaient jamais vraiment fâchés.

— Tu crois vraiment qu'elle ne dira rien ? reprit-il d'un air dubitatif.

— Elle n'aime pas Mike ; personne ne l'aime, d'ailleurs. Elle le supporte seulement parce qu'il lui raconte les nouvelles.

En dehors de ses commérages, nous avions nos raisons personnelles pour détester Mike Coffey. Il venait souvent à Inishrone. Il possédait une grosse baille noire d'environ vingt tonneaux, aménagée en boutique ambulante sous le pont, avec de l'épicerie, de la farine et du grain, des balles de tissu, un peu de quincaillerie et des pièces de harnais. Il voguait d'île en île, avec son fils Andy, tout au long de la côte, de Kerry à Donegal. Andy était un long rouquin, aussi fade qu'un verre d'eau, qui n'élevait jamais la voix au-dessus du murmure en présence de son père, bien que largement en âge d'être père lui-même. Mike était plus court et plus gras, avec une toison grisonnante, en boucles serrées, qui le faisait ressembler à un bélier cornu. On ne le voyait jamais sans sa casquette noire très plate et son large sourire canaille qui découvrait ses dents cassées. Père et fils n'avaient de véritables amis sur aucune des îles, d'après ce que j'avais entendu dire, mais ils avaient une façon bien à eux d'entrer dans la cuisine comme s'ils ne doutaient pas d'y être bienvenus. Les gens étaient trop polis pour les envoyer promener.

Mike s'asseyait sur le siège le plus confortable — il aimait par-dessus tout les fauteuils à bascule. Il s'installait toujours le dos à la lumière, si bien qu'on ne voyait pas très nettement son visage. Quand Mike était bien assis, Andy laissait fuser en manière d'excuse un petit rire nerveux, haut perché, une sorte de bêlement. Ensuite, il se faufilait près de l'âtre et réchauffait ses minables tibias près du feu. Avant même de s'en rendre compte, la maîtresse de maison était en train de faire du thé et de couper du gâteau pour les deux compères. Ils dormaient toujours à bord de leur bateau. Pour le moment celui-ci était amarré à l'appontement, à la meilleure place, bien entendu, près des marches. Mais on ne voyait nul signe des Coffey. Pat me dit qu'ils devaient être quelque part sur la route, à sillonner l'île pour vendre du thé.

Pat avait déjà placé dans notre barcasse les deux tonneaux que nous comptions utiliser pour rapporter les anguilles. Il ne restait donc plus rien à faire, si ce n'était lancer nos baluchons auprès des tonneaux et les suivre d'un saut. La marée était haute, le plat-bord du bateau se trouvait donc juste au niveau du quai. Je poussai avec l'une des rames que nous gardions toujours fixées au plat-bord. Pat hissa la grand-voile. En quelques minutes, nous glissions entre les bateaux et mettions le cap sur le large. Juste au moment où nous contournions le quai, je vis que mon père était descendu du champ où il travaillait pour venir nous faire un signe d'adieu.

C'était par une journée ensoleillée, d'une radieuse pureté. Des petites vagues drues giflaient les flancs de la barque puis continuaient leur course. Pourtant, le bateau voguait avec un long mouvement de roulis qui me donnait envie de chanter de joie. Très haut sur nos têtes, le vent effilait comme une chevelure les nuages blancs qui s'étiraient sur tout le ciel. Lorsque nous avons été à un demi-mille de l'île, piquant droit sur la longue côte rocheuse du continent, Pat a fixé la barre pour venir s'asseoir près de moi.

— Je suis écœuré, j'en ai par-dessus la tête

d'aller toujours aux mêmes endroits chercher des anguilles, soupira-t-il.

— Ce sont les anguilles qui décident de l'endroit.

Et puis je l'ai fixé attentivement, car il me regardait de côté en grimaçant, exactement comme l'avait fait mon âne.

— J'aime pas tellement les anguilles, continua-t-il après une pause. Et, de toute façon, il y en a peut-être aussi là où nous allons...

— Et où allons-nous donc ?

— À l'île des Chevaux ! Oh, Danny, allons-y aujourd'hui ! Toute ma vie, j'ai eu envie d'y aller. Il y a un sac de pommes de terre à bord, et plein de tourbe, nous ne mourrons donc pas de faim. Nous trouverons sûrement là-bas un endroit pour dormir deux nuits. Nous visiterons l'île dans tous ses recoins. Nous grimperons jusqu'au sommet, et nous regarderons par-dessus l'océan Atlantique, jusqu'en Amérique...

— Mais, personne n'y va jamais, dis-je après un moment. Comment savoir si nous pourrons aborder ? Et puis tout le monde prétend que c'est un endroit maudit...

— Tu sais bien que ma famille habitait là, il y a soixante ans. Ils avaient des bateaux, donc il doit y avoir un appontement. Et si tu veux mon avis, ils disent que le coin porte malheur tout simplement pour ne pas avoir à mener paître les moutons si loin.

Il saisit mon bras et le serra à me faire mal. « Danny, est-ce que tu n'as pas envie d'y aller, toi aussi ? Est-ce que tu ne te souviens pas des histoires de ma grand-mère sur la vie qu'elle menait là-bas ? Est-ce que tu n'as pas envie de découvrir la longue grève d'argent, et la vallée des chevaux sauvages ? »

Bien souvent, les soirs d'hiver, quand nous étions petits, Pat et moi, nous restions assis dans la cuisine des Conroy, sans autre lumière que celle qui venait du feu de tourbe, et nous écoutions les récits que nous faisait la vieille femme sur l'île des Chevaux. Elle y était née et y avait été élevée. Sa famille avait été la dernière à quitter l'île. Ils n'avaient abandonné qu'après un hiver de tempêtes si violentes que les toits avaient été arrachés, que les vieux étaient morts, et le bétail décimé, et que les bateaux s'étaient fracassés, empêchant les insulaires d'aller chercher du secours. Lorsque les premiers bateaux d'Inishrone étaient arrivés, au printemps, ils n'avaient plus trouvé qu'un petit groupe d'êtres frissonnants, mourant de faim et suppliant qu'on les emmène. Pas un seul d'entre eux n'y était retourné depuis.

À cette époque, la grand-mère de Pat était une jeune fille de vingt ans, à la brune beauté espagnole. Elle avait épousé un gars d'Inishrone, le grand-père de Pat. Elle s'était assez bien habituée à la vie d'Inishrone, mais ennuyait souvent les gens avec sa façon de toujours parler du temps jadis quand elle vivait à l'île des Chevaux. Elle disait que les jacinthes étaient plus bleues, là-bas, et les œillets plus éclatants, et aussi que les chanteurs et les danseurs étaient les meilleurs du monde. Personne ne songeait à le contester. On savait bien que lorsqu'elle-même était jeune, sitôt qu'elle se mettait à chanter, chaque oiseau, chaque animal de l'île se taisait pour l'écouter. Mais elle était vieille, maintenant, elle ne pouvait plus chanter, et personne ne voulait plus écouter ses histoires, hormis les petits garçons qui ne les avaient encore jamais entendues.

Du coup, je me suis retrouvé, tout comme Pat, empli du désir farouche d'aller sur l'île. Mais ce n'était plus désormais un souhait sans espoir, comme auparavant. Maintenant, j'avais un bateau, un tas de provisions, et avec moi, le meilleur compagnon du monde.

— Bien sûr que nous y allons ! m'écriai-je. Et je me demande bien pourquoi nous ne l'avons pas fait plus tôt...

Que c'était bon de sentir s'estomper graduellement, balayée par le vent pur et frais qui nous entraînait, la tristesse de ces dernières semaines ! Nous avions tous deux été très abattus parce qu'un projet dans lequel nous avions mis tout notre cœur avait échoué, d'une façon lamentable, en nous laissant tout penauds. Voici comment cela s'était passé.

John Conroy était le frère aîné de Pat, comme je l'ai dit plus haut. Tout le monde sait qu'il n'y avait pas plus beau gaillard dans tout Inishrone à cette époque. Il était âgé de vingt-trois ans, haut de plus de six pieds, noir de cheveux et brun de peau comme Pat. C'était l'aîné de la famille, et pour Pat et ses deux sœurs, Nora et Mary, il resplendissait autant que le soleil, la lune et les étoiles réunis. J'avais beau être fils unique, je me rendais compte que seul un garçon sensationnel pouvait ainsi gagner l'amour et l'admiration de ses jeunes frères et sœurs, comme l'avait fait John. Partout où il passait, ce n'étaient que jeux, musique, danse. Il jouait de l'accordéon et connaissait toutes les chansons du monde. Il était capable de construire un coracle, ce canot à carcasse d'osier des pêcheurs d'Irlande, en deux jours. S'il prenait l'aviron dans une course de coracles, aucun autre bateau ne pouvait plus espérer la victoire. Lorsqu'il allait pêcher des homards, il en ramenait toujours tellement chez lui que les gens criaient à la magie... Et avec ça, toujours un mot agréable, et le coup de main facile dès qu'un voisin avait besoin d'aide.

Je n'ai même pas besoin de dire qu'un tel gars n'eut aucune difficulté à trouver une fille prête à l'épouser. Il choisit Barbara Costelloe, dont le père possédait le grand magasin de Rossmore. Les gens d'Inishrone auraient préféré le voir épouser une fille de l'île, bien sûr, mais ils ne tinrent pas rigueur de sa chance à Barbara. Nous la connaissions tous très bien, et tout le monde était prêt à l'accueillir dans notre île dès qu'elle voudrait y venir. On disait qu'elle ressemblait à sa mère, une femme au grand cœur, belle et généreuse, native de Kilmurvey dans les îles d'Aran.

Par contre, son père, Stephen Costelloe, était un petit bonhomme mesquin, tortueux et dénué de scrupules. On disait de lui que, s'il l'avait pu, il vous aurait fait payer rien que pour passer le seuil de sa boutique. Il possédait également une ferme de bonne terre, chose rare dans les alentours de Rossmore, et faisait quelques sordides bénéfices en prêtant deux ou trois livres, par-ci par-là, à un taux d'intérêt élevé, pour un mariage ou un enterrement, ou encore pour payer les impôts après une mauvaise récolte.

Le vieil homme ne pouvait admettre l'idée d'une union entre John et Barbara. Il disait que John ne pourrait donner à sa fille qu'une existence misérable. Il ajoutait qu'il y avait déjà quatre Conroy, et pas de place pour Barbara. Il aurait voulu qu'elle épouse un vieux bonhomme d'usurier dans son genre, originaire des environs de Clifden. Ce genre d'homme, disait-il, on pouvait au moins s'y fier un peu...

Pat avait alors eu l'idée de se mettre à collecter la laine auprès des insulaires, pour la vendre directement à un marchand de Galway. Il espérait arriver à gagner assez d'argent de cette façon pour construire une nouvelle maison à Inishrone ; il la donnerait à John et à Barbara, ce qui leur permettrait de faire la nique à Stephen. L'histoire avait également un autre aspect. Nos gens étaient très timides et réservés, et ils le sont encore, d'ailleurs. C'était Mike Coffey qui achetait leur laine, depuis toujours. Lorsqu'ils la vendaient ou la troquaient contre de l'épicerie, il leur en donnait un prix ridiculement bas. Puis il revendait cette même laine à Galway, quatre ou cinq fois plus cher. Nous étions censés l'ignorer, mais il nous revint aux oreilles, je ne sais comment, que les véritables cours de la laine étaient fort élevés alors qu'à nous, on la payait aussi bas que l'année de la grande famine.

L'idée de Pat était de prendre la place de Mike Coffey. Il vendrait la laine à un prix normal, prélèverait pour lui-même une petite commission sur chaque vente, et remettrait le reste aux producteurs. Il avait établi plusieurs plans, mais tous étaient modestes et réalisables. À la longue, disait-il, il finirait par collecter la laine sur toutes les îles, si bien que l'affaire prendrait de l'extension d'année en année. Il jurait que sa richesse ne le rendrait jamais gros, ni malhonnête ni mesquin.

Dès que les Conroy retournèrent à Galway, Pat les accompagna. Il se rendit chez le plus gros marchand de laine de l'endroit, M. Curran. C'était un homme gras et trapu, à la figure de mouton... Son bureau sentait la laine et le suint. Il était vêtu d'un costume noir, nous raconta Pat, et deux chaînes d'or s'étalaient sur sa panse rebondie. Ses vêtements, et jusqu'à son chapeau, étaient parsemés de petits flocons de laine.

La pensée qu'un garçon de seize ans veuille se lancer dans une telle entreprise ne le fit pas rire ; les Conroy étaient une famille laborieuse et respectée. Après quelques palabres, il promit d'acheter toute la laine que Pat lui apporterait. Nous avons aussitôt commencé, Pat et moi, à rendre visite à tous les gens d'Inishrone qui possédaient des moutons.

Bien sûr, ce n'était pas le bon moment de l'année pour la laine nouvelle. Mais la plupart des gens en avaient tout de même gardé quelques bribes qu'ils ne s'étaient pas donné la peine de vendre, dans des greniers ou des appentis. Ils nous les confièrent sans difficulté. Mieux encore, ils promirent de nous réserver la prochaine tonte, toute fraîche et propre.

J'accompagnais Pat à chacune de ces entrevues. Je me souviens encore de cette première impression de puissance et de force qui nous a submergés, nous a gonflés presque à nous faire éclater, quand nous avons vu notre plan prendre bonne tournure. Nous avons soigneusement assemblé toute la laine en balles, pour la transporter à Galway sur notre barcasse. Lorsque Pat toucha en contrepartie le prix normalement payé à cette époque, nous avons eu de la peine à en croire nos yeux ! Le lendemain, pleins de fierté, nous avons distribué l'argent. Un concert de bénédictions et de louanges nous suivait de porte en porte. Un bon vieux, Patcheen Rua, de Templeaney, alla même jusqu'à rappeler une ancienne prophétie, tout en rangeant son argent dans la boîte à thé, sur le buffet. C'était quelque chose à propos de deux jeunes garçons, pareils à des anges de lumière, qui devaient surgir de la mer, montés sur des chevaux, et qui ramèneraient les beaux jours sur l'île. Toute cette soirée, chez les Conroy, nous avons ronronné auprès du feu comme une paire de chatons bien choyés, tandis que les voisins défilaient pour nous féliciter. Bien cachés à l'intérieur d'un des chiens de porcelaine qui trônaient sur le manteau de la cheminée, il y avait les sept livres, seize shillings et trois pence qui représentaient la commission de Pat.

Mais le lendemain matin, Mike Coffey débarquait à Inishrone. Il n'était pas question de lui cacher ce qui s'était passé. Dans chacune des maisons qu'il visitait avec son ballot d'épicerie, les gens l'accueillaient avec un air frondeur tout nouveau. Au lieu de retourner le poulailler et la remise à laine pour y trouver de quoi payer leurs achats en nature, ils lui tendaient l'argent sans attendre. Cela ne plut pas du tout à Mike, car il faisait toujours de bien meilleures affaires avec le troc. Pis encore, certains eurent même le front de marchander, pour l'amener à baisser ses prix ! Ça, c'était une chose qui n'était jamais arrivée auparavant. Ils expliquèrent d'un ton innocent qu'ils pouvaient se permettre d'être plus difficiles, maintenant qu'ils avaient trouvé un autre débouché pour vendre leur laine à bien meilleur compte, et de loin ! Ce soir-là, Mike reprit la mer avec un visage plus sombre qu'un orage de juin...

Et trois jours plus tard, Pat reçut une lettre de M. Curran lui disant qu'il ne lui serait désormais plus possible de lui acheter la moindre bribe de laine. M. Curran ajoutait qu'il avait parlé aux autres marchands et qu'eux non plus ne pourraient continuer à acheter à Pat. Il ne donnait pas d'explications, et nous n'avons jamais su quel moyen Mike avait employé pour le convaincre. Nous étions sûrs que Mike était le responsable ; pourtant, lorsqu'il revint à Inishrone quelques jours plus tard, il ne manifesta aucun intérêt pour la laine. Il se contenta de sourire de son grand rictus tout en dents, et vaqua à ses occupations comme si de rien n'était.

Pat avait été fou de rage, évidemment, et il avait juré qu'il trouverait un autre acheteur pour la laine. Mais il savait bien malgré tout que c'était sans espoir, et qu'il n'avait pas assez d'expérience de la vie pour pouvoir manœuvrer à son gré. D'ailleurs, Galway est la seule grande ville proche de chez nous où se pratique ce genre de commerce. Nous ne pouvions pas envisager d'emporter des cargaisons de laine tout au long de la côte rocheuse, jusqu'à Limerick ou Cork, avec nos petits canots, bien que Pat jurât qu'il le ferait un jour, dans quelques années, quand il serait plus âgé. Pour comble de malheur, ceux-là mêmes qui nous avaient aidés et encouragés auparavant, nous conseillaient à présent d'abandonner et d'admettre que Mike était trop fort pour nous.

Et c'est ainsi que la perspective d'aller à l'île

des Chevaux nous apparaissait maintenant comme un signe que le monde avait encore d'agréables aventures à nous offrir. Du coup, nous avons changé de cap, pour voguer tout au long d'Inishrone et droit devant nous une fois passée la pointe de Golam. Ici, nous n'étions plus à l'abri de la baie. C'était un bon rafiot que nous avions, mais il peinait un peu maintenant, à monter et descendre au gré des vagues d'émeraude. Si l'une d'elles venait à le fouetter de sa queue, pensai-je, il descendrait en tourbillonnant jusqu'aux obscures et silencieuses profondeurs marines, tel un poisson mort. Je jetai un regard sur Pat et compris alors que rien de grave ne pouvait nous advenir. Il arrive souvent, dans les contes d'autrefois, qu'un bateau enchanté, sans rames, ni voile, vienne chercher un héros pour l'emmener visiter Tir nan-Og. Jamais personne n'a entendu dire que le bateau s'était perdu en route.

Pourtant, à mesure que nous nous rapprochions de l'île, je commençais à comprendre pourquoi les hommes d'Inishrone n'y venaient jamais. Ce n'était pas un jour de gros temps, mais les vagues étaient si hautes que l'île disparaissait à notre vue chaque fois que nous glissions dans un creux. De la crête des vagues, je pouvais voir la bonne terre verdoyante descendre jusqu'à la mer. J'en avais l'eau à la bouche. Mais tenter d'y amener, avec nos petits bateaux, un troupeau de moutons affolés aurait été pure folie. D'abord, une fois l'île atteinte, nous ne pourrions peut-être même pas y débarquer. J'eus alors une pensée soudaine :

— Pat, qu'est-ce qui se passera si le temps se gâte et que nous ne pouvons plus quitter l'île ?

Je me rendis compte aussitôt qu'il n'y avait pas songé le moins du monde.

— Ça ne me dérangerait pas d'y passer tout un mois, fit-il d'un air dégagé, au bout d'un petit moment.

Du coin de l'œil, je mesurai la taille du sac de pommes de terre, et je fus rassuré par son embonpoint.

Quand nous avons atteint le côté sous le vent, les vagues sont devenues un peu moins grosses. Nous pouvions maintenant distinguer une courte jetée de pierre, dont l'avant pointait droit vers la mer comme un nez de requin. Si seulement il y avait eu là une anse protectrice, derrière laquelle un bateau aurait été à l'abri ! Il avait certes fallu des gens bien intrépides et bien coriaces pour réussir à survivre dans un endroit pareil. Pat lui-même fut un peu désarçonné à la vue de cet appontement.

— Nous n'avons qu'à le mener aussi loin qu'il pourra avancer sans échouer, décida-t-il.

Nous avons rapidement amené la grand-voile, mais c'est à peine si le bateau parut diminuer de vitesse. Je crus un instant qu'il allait être entraîné jusque sur le rivage rocheux, à côté de l'embarcadère. Soudain, dans l'eau moins profonde, il fléchit. Nous l'avons fait glisser le long de la paroi du quai.

Pat s'est agrippé aux pierres. Une seconde plus tard, vif comme un singe, il était en haut des petites marches avec une corde. Il y avait là deux vieilles bornes de pierre, toutes couvertes de plaques d'un lichen orange clair. Je lui ai lancé un autre cordage et l'ai suivi. Nous avons attaché notre embarcation aux poteaux comme si c'était un éléphant de la brousse, puis nous avons reculé, tout essoufflés. Alors, Pat s'est mis à rire :

— J'ai bien cru qu'il allait se creuser un chenal à travers toute l'île !

— Nous aurions dû amener la grand-voile depuis déjà un quart de mille. Nous le saurons pour une autre fois.

Nous avons remonté le long de la jetée. Sur la droite, nous pouvions voir un fouillis de ruines, là où s'était dressé le village. Les murs des petites maisons étaient de pierre brute, avec les traces d'un épais badigeon blanc encore accrochées çà et là. Leurs pignons pointus et leurs appuis de fenêtres demeuraient aussi solides qu'au jour de leur construction, mais il n'y avait plus le moindre vestige, plus la moindre trace d'un chevron ou d'un toit. Tout cela avait été balayé depuis belle lurette par les vents impétueux de l'hiver. Les morceaux d'une porte arrachée, décolorés par les ans au point d'en être blancs, gisaient sur le sol, devant l'une des maisons. Orties et patiences avaient tout envahi. Nous avons regardé à l'intérieur d'une maison, dans l'espoir d'y trouver ne fût-ce qu'un vieux pot rouillé, oublié là lorsque l'île avait été désertée. Mais nous n'avons rien vu du tout. Il y avait trop longtemps de tout cela.

Au-delà des maisons, un sentier uni, recouvert d'herbe, suivait la courbe de la côte. Plus haut, il y avait des champs rongés par le sel, et quelques murettes écroulées. L'île semblait assez plate de ce côté-là, mais en fait, elle montait en pente douce jusqu'à un sommet élevé, aride, à la cime aplatie. Nous avons suivi un moment le sentier, autrefois route principale de l'île, jusqu'à l'endroit où il tournait pour se diriger vers le faîte. Pat s'engageait déjà dans le tournant, mais je le retins fermement par le pan de son tricot.

— Je ne ferai plus un pas avant d'avoir mangé quelque chose, dis-je. La tête me tourne tellement j'ai faim !

— Moi aussi, admit-il, et il semblait tout désappointé de constater que le seul bonheur de visiter enfin l'île ne suffisait pas à lui remplir l'estomac...

Nous sommes retournés au bateau et en avons sorti le pain et le lard fumé que nous avons dévorés en silence. Nous avons fait descendre le tout à grands coups de lait battu, nous passant la bouteille à tour de rôle. À en juger par le soleil, il était près de deux heures. Le mur du quai nous abritait un peu du vent pénétrant, et nous sommes restés tranquillement assis là un bon moment après notre repas. Puis Pat déclara :

— Ça ne va pas marcher, de dormir dans le

bateau. Nous ne serons pas protégés s'il se met à pleuvoir.

Il n'y avait pas la moindre cabine sur notre esquif. Par-dessus le marché, si le temps tournait vraiment à l'orage, nous aurions eu un lit plutôt inconfortable...

— Viens donc, ai-je dit alors. Je sais exactement où nous allons camper.

CHAPITRE II

OÙ NOUS ENTENDONS LES CHEVAUX SAUVAGES ET ATTRAPONS QUELQUES ANGUILLES

À l'extrémité du village en ruine, juste avant le tournant du sentier, j'avais repéré un petit bâtiment carré d'une pièce. Il tournait le dos au vent d'ouest et ses trois murs de solide mortier ne laissaient pas filtrer le moindre rai de lumière. Son quatrième côté était ouvert. Je pense que ç'avait jadis été une forge. Le sol de terre battue était propre, uni, si durement tassé que l'herbe n'avait guère pu s'y frayer un chemin malgré les ans.

— Nous pourrions facilement y poser un toit, dis-je. Il y a suffisamment de bouquets d'ajoncs dans les champs, là-haut. Les deux rames du bateau serviront de chevrons. Nous serons aussi bien installés que chez nous.

Nous avions chacun un bon couteau et quelques

bouts de ficelle. Sur la colline, les buissons d'ajoncs éclataient dans un flamboiement de fleurs d'un jaune profond, couleur de beurre fin. C'était un délice de respirer leur odeur douce et sauvage. Nous en avons coupé branche sur branche, et les avons ensuite liées en bottes avec la ficelle, de façon à les haler jusqu'à la forge. Après en avoir entassé une grosse pile, nous sommes descendus au bateau prendre les rames. Nous les avons transportées sur nos épaules, une chacun, car elles étaient longues et lourdes.

Ensuite, Pat a grimpé sur l'un des murs et je lui ai fait passer les rames. Il les plaça en travers, écartées de quelques pieds, et elles atteignaient juste le mur opposé, où leurs extrémités prenaient appui. Nous avons posé des pierres au bout de chaque rame pour bien les maintenir. Après cela, nous avons disposé les branches d'ajoncs entre les rames, les plus grandes d'abord, puis les plus petites, entrecroisées de façon à combler les vides. Il nous a fallu couper chacun une baguette d'osier au bouquet qui croissait tout près, et nous l'avons utilisée pour pousser les branches en place. Enfin tout a été terminé et nous avons sauté à terre pour examiner notre œuvre.

— On dirait un gros nid d'oiseau, ai-je remarqué.

— Un oiseau qui serait un peu simple d'esprit ! Je ne suis pas sûr que ça supporterait une tempête. Peut-être bien que nous devrions poser de grosses pierres par-dessus le jonc pour empêcher le vent de l'emporter ?

— Et pour les recevoir sur la tête au beau milieu de la nuit, quand nous dormirons ! Ce toit tiendra comme ça, dis-je avec assurance. En tout cas, aussi longtemps que nous en aurons besoin.

Nous avons laissé un gros fagot de branches près de la porte pour pouvoir la boucher pendant la nuit. Il nous avait fallu un bon moment pour couvrir la cabane et il nous restait encore beaucoup de choses à faire. Bien que le soleil fût encore haut dans le ciel, les nuages avaient déjà viré au rose pâle. Le vent aussi était devenu un peu plus frais. Nous étions contents d'avoir un bon abri pour la nuit.

Nous avons dû faire pas mal de voyages du quai à la hutte. Nous y avons apporté de la tourbe, une vieille voile, et tout le sac de pommes de terre. Pat avait insisté sur ce point, tandis que moi, j'estimais qu'il aurait suffi d'en prendre une petite quantité et de laisser le sac là-bas jusqu'au matin. Sous le sac de pommes de terre, je découvris une vieille couverture que Pat avait subtilisée chez lui la veille, me confia-t-il. Elle allait nous rendre un fameux service. J'avais pensé que nous coucherions sur des fougères en utilisant la vieille voile comme couverture, mais les fougères auraient été pleines de bestioles toutes ravies de disposer d'un tel souper...

En revenant à la cabane avec le dernier chargement, j'ai constaté que Pat avait allumé un feu avec de la tourbe sèche et des branches d'ajoncs. Ça fumait beaucoup au début, et j'ai remarqué :

— Si l'on voit cette fumée, on saura qu'il y a quelqu'un sur l'île.

— Je crois qu'elle est si vite balayée par le vent qu'on ne la remarquera pas, assura Pat. De toute façon, on n'y peut rien. Il nous faut du feu pour cuire les pommes de terre.

Il y eut assez vite un bon petit tas de braises rougeoyantes et nous y fourrâmes les pommes de terre avec nos baguettes.

— Il faudra bien une heure pour qu'elles cuisent, dis-je avec accablement. Je ne peux pas rester assis là à les regarder. Recouvrons-les de tourbe et remontons le sentier un moment jusqu'à ce qu'elles soient à point.

Nous avons brisé la tourbe en petits morceaux dont nous avons recouvert le tas de braises afin qu'elles se consument bien lentement. Puis nous avons taillé chacun un quignon de pain pour ne pas mourir de faim avant que les pommes de terre ne soient prêtes. Mâchonnant avec ardeur, nous nous sommes mis en route par le chemin qui conduisait au sommet, en traversant l'île.

Au début, il passait entre les murets de pierre qui avaient délimité les champs. Il y avait des lapins partout, sortis pour s'ébattre sous le soleil déclinant. Ils n'étaient absolument pas intimidés par notre présence, mais s'asseyaient sur leurs derrières en remuant leur petit nez avec cet air anxieux qu'ils ont tous, et nous regardaient passer. Bientôt, tandis que le chemin s'élevait, les murets disparurent, et il n'y eut plus de chaque côté que de plates et mornes étendues de terre marécageuse. Les moutons avaient dû brouter paisiblement ici, dans le temps, mais pour l'heure il n'y avait plus qu'un couple de poules d'eau sautillant délicatement d'une touffe de jeunes roseaux à l'autre. Ici, sur la hauteur, le vent chantait et sifflait beaucoup plus fort qu'en bas, près de l'appontement. Après un demi-mille environ, nous avons commencé à descendre la colline et les champs ont reparu, plus accidentés qu'avant. Ensuite, la route faisait un coude entre les collines. Au sortir de cette courbe, nous nous sommes arrêtés tous les deux, sans voix, pour contempler le paysage qui se déployait sous nos yeux.

C'était, sans aucun doute, la grève d'argent de la vieille Mme Conroy. Comme celle-ci avait raison de dire que c'était la plus belle plage du monde ! Orientée droit vers l'ouest, il n'y avait rien entre elle et l'Amérique. C'était probablement pour cela que toutes les roches avaient été broyées, concassées, jusqu'à devenir ce fin sable d'argent. Tout au long de son arc splendide roulaient les lames, longues et lentes. Le sable devait s'étendre très loin, car les vagues ne se brisaient guère avant le rivage même. Puis elles battaient en retraite avec un mugissement profond, merveilleux, tel celui d'un orgue immense jouant dans une église vide. Un peu au-dessus de l'horizon, le soleil couchant dardait ses rayons d'or rouge. De petits nuages lisérés d'or flottaient au-dessus de la mer en grappes paisibles, comme s'ils nous observaient tranquillement. Le soleil descendait avec une inexorable lenteur. La mer flamboyait, et tout devint plus éclatant l'espace d'un instant. Puis le vent tomba légèrement, et le chant des vagues se fit plus puissant. D'un seul coup, le soleil sombra dans la mer et l'île tout entière parut désolée, vide, pour la première fois. Alors, nous avons vu un gros nuage noir surgir du sud, comme s'il avait guetté, attendu son heure jusqu'à la disparition du soleil. Le vent se leva de nouveau et gronda méchamment à nos oreilles. Au même moment, nous avons ressenti l'un et l'autre le désir de rentrer à notre camp le plus vite possible.

— Nous nous lèverons de bonne heure demain, dit Pat. Nous irons tout droit ici et nous descendrons sur cette plage. Comme je voudrais n'avoir jamais à rentrer à la maison...

— Ces gens qui vivaient sur l'île, dans le temps, observai-je tandis que nous faisions demi-tour et reprenions le chemin que nous avions suivi à l'aller, la famille de ta grand-mère et les autres familles qui se trouvaient là, ça a dû leur faire drôlement mal de tout laisser ! Tout de même, je me demande pourquoi ils ne sont pas revenus en été. À leur place, c'est ce que j'aurais fait.

— Grand-mère était seule à en avoir envie, répondit Pat. Elle me l'a raconté. Mais elle ne pouvait pas revenir par ses propres moyens, bien sûr, et aucun des autres ne voulait l'accompagner. Elle me disait qu'ils avaient tellement souffert au cours de ce dernier hiver que même des années après, ils tremblaient encore et devenaient tout blancs rien qu'en entendant parler de l'île des Chevaux.

J'aurais préféré qu'il ne m'ait pas dit cela. Maintenant, il me semblait qu'une armée de fantômes nous escortait sur la route du retour, vers le village en ruine. Ce n'étaient pas des fantômes malfaisants, curieux seulement. Néanmoins, ils me donnaient la chair de poule.

— Allons ! viens, Pat ! criai-je tout à coup. On fait la course jusqu'au camp !

Les fantômes s'évanouirent rapidement sous nos pieds ailés. En quelques minutes nous étions devant notre feu, fourrageant dans les cendres pour en retirer les pommes de terre. Elles étaient cuites à la perfection, tendres et moelleuses jusqu'au cœur. Nous avons rajouté de la tourbe sur le feu et l'avons fait flamber, pour nous tenir compagnie plutôt que pour nous réchauffer, car nous nous sentions très bien après notre course. Ensuite, nous nous sommes assis de chaque côté du feu et nous avons dégusté notre dîner, ouvrant les pommes de terre en deux pour en extraire la pulpe à la pointe de nos canifs.

Avant même d'avoir terminé, nous nous sommes mis tous les deux à bâiller. Nous avions eu une journée exaltante, mais le sommeil n'en était pas moins le bienvenu car nous commencions à être un peu effrayés par la solitude de notre île. Ni l'un ni l'autre n'en souffla mot, mais pour mon compte j'étais rudement content d'être blotti près de Pat dans la cabane, avant la disparition des dernières lueurs du jour. Nous nous étions allongés côte à côte sur la vieille voile, la couverture tirée sur nous. Nous avions caché le feu sous les cendres et bouché la porte avec les joncs que nous avions mis de côté. Il y avait une trouée entre les branches par laquelle apparut bientôt une étoile solitaire. Je ne la quittai pas des yeux jusqu'au moment où le sommeil m'envahit.

Il faisait nuit noire quand je m'éveillai. L'étoile avait disparu. Je restai étendu sans bouger, faisant des vœux pour que le sommeil s'empare de moi de nouveau. Puis je commençai à discerner ce qui m'avait probablement dérangé. Le sol semblait frémir doucement au-dessous de moi. J'écoutais de tout mon être. Je sentais mes cheveux se dresser sous l'effet d'une peur terrible, incontrôlable. Sans arrêt, ces mots roulaient dans ma tête : l'île des Chevaux, l'île des Chevaux... Le tremblement du sol devint un véritable bruit. Impossible de s'y tromper : c'était un fracas de sabots sur le sol. Avec un cri de frayeur, je saisis le bras de Pat, et le poussai et le tirai pour le réveiller. Sa voix était calme et posée.

— Danny, qu'est-ce qu'il y a ? N'aie pas peur !

— Tu n'entends pas ? Ce sont des chevaux, des chevaux au galop !

Il me prit par l'épaule et me la serra de façon rassurante, tout en écoutant. Puis il acquiesça doucement :

— Oui, des chevaux au galop...

Je sentis qu'il rejetait la couverture. Nous nous sommes levés. Me tenant toujours par l'épaule, il se dirigea vers la porte. Je l'accompagnai en un demi-rêve. Le bruit était maintenant assourdissant. Nous demeurions silencieux, retenant notre souffle, épiant la nuit par-dessus notre barricade de joncs. Le ciel était sombre, il n'y avait pas de lune mais une faible lueur grise qui pouvait être la naissance de l'aube. Et puis, les chevaux ont surgi devant la cabane, dévalant la piste herbue dans un bruit de tonnerre. Nous n'avons vu qu'un flot compact d'ombres volantes. Ils sont descendus plus loin que l'appontement, longeant l'île vers le sud, là où nous n'étions pas encore allés. Nous avons écouté jusqu'à ce que la rumeur de leur galop se fût éteinte au loin. Longtemps après, nous tendions encore l'oreille, confondant les battements de notre cœur avec le roulement de tambour des sabots...

Pat dit enfin, avec un petit soupir :

— Ils sont partis...

Il laissa retomber sa main de mon épaule. Je repris, un peu gêné :

— C'étaient de vrais chevaux.

— Ils faisaient assez de bruit pour être vrais ! s'exclama Pat. Demain, nous partirons à leur recherche.

Nous nous sommes de nouveau allongés, mais je n'arrivais pas à retrouver le sommeil. Chaque fois que j'allais sombrer, je sursautais, croyant entendre les chevaux revenir. À côté de moi, Pat était parfaitement calme, mais je sentais à sa respiration que lui non plus ne dormait pas. Finalement, je l'entendis ronfler doucement et je lui enviai cette année supplémentaire qui lui donnait tant de sang-froid devant des événements si stupéfiants.

Bientôt, un trait gris apparut au-dessus du fagot de joncs qui bouchait l'entrée. Puis les oiseaux entonnèrent leurs chants matinaux. J'attendis que le soleil fût levé puis me glissai au-dehors, sans éveiller Pat. Il avait un peu gelé pendant la nuit, et le vent était complètement tombé. La mer était d'un bleu égal, pâle et satiné, avec une forte houle qui venait s'écraser lourdement sur les rocs près de l'appontement. Tout autour de notre hutte, l'herbe était déchiquetée, arrachée par le furieux carrousel nocturne. Je fus assez satisfait de le constater, car je doutais encore un peu de la réalité de ces chevaux.

Je fourrageai dans les cendres de la veille pour en ressortir les braises chaudes et les couvris de tourbe. Puis, en attendant que celle-ci s'embrase, je descendis à l'appontement jeter un coup d'œil sur le bateau. Il ne devait pas être plus de six heures du matin. C'était marée basse, mais il y avait tout de même assez d'eau pour maintenir la barcasse à flot. Comme nous l'avions amarrée, si elle s'était trouvée à sec elle se serait balancée entre ciel et terre de façon particulièrement grotesque. Je fus surpris de voir que plus loin sur la gauche, il n'y avait pas de rochers mais seulement une grande étendue de vase sableuse découverte par la marée. En l'observant, je repérai un grouillement familier, à la limite de l'eau. Je m'approchai un peu pour mieux voir, puis je revins à toute allure à la cabane. Pat était assis, se frottant les yeux.

— Des anguilles ! clamai-je. Des millions d'anguilles ! viens vite !

Il bondit derrière moi. Quand il les vit, il ne put en croire ses yeux. Elles étaient bien là, par douzaines, flottant à la surface de l'eau, sans défense. Nous savions, bien entendu, que les anguilles sont sans force dans les petits matins glacés, et c'était souvent le matin de bonne heure que nous allions en chercher. Mais jusqu'ici, ni l'un ni l'autre n'en avions jamais vu autant à la fois.

— Il va falloir amener le bateau par ici, dit Pat.

— Il n'y a pas de vent, et les rames servent à soutenir notre toit !

— Ce serait un péché de laisser perdre ces anguilles. Il faut amener les tonneaux jusqu'ici, au bord de l'eau, et les fourrer dedans, n'importe comment. Si le soleil se met à chauffer un peu, tout le tas nous échappera.

Nous avons de nouveau couru au bateau. Les barils, faits en bois dur et cerclés de fer, étaient grands et lourds. Il nous fallut passer une corde autour de chacun d'eux, puis les hisser hors du bateau pour les déposer sur le quai. Ensuite, nous les avons fait rouler jusqu'à la grève rocheuse ; les traîner sur les rochers fut un vrai cauchemar. Nos pieds nus étaient douloureux et saignaient même, nos mains étaient à vif, quand enfin nous avons réussi à dresser les deux tonneaux en bordure de l'eau.

Les anguilles nous avaient attendus. L'eau était glaciale quand nous y avons mis le pied, mais nous n'avions pas le temps d'y penser. La vieille Mme Conroy nous avait bien prévenus que les anguilles pourraient nous mordre les mollets, et nous nous sommes vite aperçus que ce n'était pas une plaisanterie. Pat avait mis dans l'un des fûts un vieux morceau de sac et une baguette courte et épaisse, et c'était là tout notre attirail de pêche. Nous avons pris la toile à sac chacun par un bout, la tenant déployée puis la glissant sous une anguille de taille moyenne qui semblait de bonne composition. Elle nous fixa de ses gros yeux méchants. Nous l'avons doucement sortie de l'eau en serrant vivement les deux extrémités du morceau de sac dans lequel elle se trouva ainsi prisonnière. Elle se tortilla et sauta bien un peu, mais pas tellement, car elle était encore gelée. Puis Pat fila comme une flèche pour la déverser dans l'un des tonneaux. Elle resta au fond sans faire le moindre mouvement.

Nous avons répété la manœuvre un grand nombre de fois, jusqu'à ce que les deux tonneaux soient presque pleins. Nous avions des couvercles, percés de trous et munis d'attaches de chaque côté pour les maintenir bien en place. C'était indispensable : en effet, lorsque les anguilles se trouvèrent en nombre dans les tonneaux, elles se réchauffèrent au contact les unes des autres et se mirent à reprendre vie. À ce moment-là, elles tentèrent de sauter hors des tonneaux, d'une torsion musculaire de leurs corps vigoureux. Mais il suffit de les frapper sur la queue avec l'épaisse baguette de Pat pour les rendre à nouveau sans force. Une seule nous échappa, et nous l'avons laissée aller. Nous avons prétexté qu'elle méritait sa chance, mais en réalité ses mâchoires cliquetantes semblaient si redoutables que nous n'avons eu aucune envie de la pourchasser dès que nous l'avons vue en pleine forme... C'était la plus grosse de tout le lot.

À la fin, nous nous sommes redressés et étirés avec lassitude, tout en admirant nos prises. Le soleil était bien haut à présent et, au bord de l'eau, les anguilles plongeaient l'une après l'autre, dans un clapotis rapide.

— Il était juste temps, dit Pat. Maintenant, il ne nous reste plus qu'à trouver des cordages et à amarrer les tonneaux aux rochers pour qu'ils ne soient pas entraînés au large. Pas moyen de les remettre dans le bateau. Il faudra les remorquer jusque chez nous.

Nous pouvions à peine remuer les tonneaux tant ils étaient alourdis par les anguilles. Pourtant, au prix de rudes efforts, nous sommes parvenus à les approcher d'un gros rocher dont la base semblait suffisamment enfoncée dans le sable. Nous les avons donc amarrés là, chacun entouré d'une longue corde, en espérant qu'ils flotteraient. Puis nous les avons abandonnés. Les prendre en remorque ensuite avec la barcasse serait un autre problème...

De retour à notre campement, nous avons fini le pain en buvant de grandes gorgées de l'eau fraîche du ruisseau. Puis nous avons remis des pommes de terre dans les cendres chaudes pour notre prochain repas, et nous avons soigneusement rangé la cabane, supposant que nous y passerions une autre nuit. Ensuite, Pat est allé examiner les empreintes de sabots.

— C'est difficile de dire combien il y avait de chevaux, déclara-t-il au bout d'un moment. Ils se bousculaient tellement. Ce que j'aurais voulu les voir !... Ce ne sont pas de grands chevaux, on dirait.

Sans aucun doute, les empreintes semblaient avoir été faites par les poneys de Connemara. Tout en les observant, je me dis qu'elles avaient quelque chose d'étrange, d'anormal, mais je ne pus découvrir ce que c'était. Une idée traversa bien mon esprit comme un éclair, mais elle disparut avant que j'aie pu la saisir.

— Ça ne devrait pas être difficile de les trouver, où qu'ils se cachent, disait Pat. Nous n'avons qu'à suivre les traces. L'île est assez petite.

En dépassant la pointe du quai, nous nous sommes aperçus que la mer avait bien monté. Là où nous les avions amarrés, nos tonneaux d'anguilles se trouvaient déjà à fleur d'eau. Nous avons suivi le sentier verdoyant dans la direction opposée à celle que nous avions prise le soir précédent. Il semblait courir tout au long de la base de l'île. Les sabots rapides des chevaux avaient creusé des sillons si profonds que les traces étaient vraiment faciles à suivre, même quand le sentier s'enfonçait partiellement dans le sable mou comme c'était alors le cas.

— Maintenant, je vois ce qui se passe, dis-je. C'est le bon chemin pour aller sur la plage d'argent, celle que nous avons aperçue hier soir, du haut de l'île.

J'avais bien deviné. À environ trois quarts de mille du camp, nous nous sommes retrouvés à l'une des extrémités de la grande grève incurvée. Le sentier courait encore le long du sommet, mais les traces de sabots le quittaient et plongeaient directement à travers le sable. Elles se dispersaient davantage, comme si les chevaux s'étaient enivrés de liberté, d'espace infini. Elles restaient cependant assez groupées encore, et nous espérions nous rendre compte enfin du nombre de chevaux qu'elles représentaient. Mais c'était toujours impossible.

Les plages sont généralement plus étendues qu'elles n'en ont l'air. Bien que la mer paisible ne semblât jamais éloignée de plus de quelques mètres, nous marchions depuis un bon moment quand nous l'avons atteinte. Les empreintes de sabots nous entraînaient toujours plus loin, se détachant nettement dans le sable humide et compact. Et puis, brusquement, nous nous sommes arrêtés net. Je fus le premier à retrouver la voix pour dire, en un faible murmure :

— Pat, ces chevaux sont entrés au galop dans la mer...

CHAPITRE III

OÙ NOUS DÉCOUVRONS LA VALLÉE SECRÈTE

Nous avions beau être en plein jour, toutes les terreurs de la nuit précédente sont revenues m'assaillir. Tout au long de mon enfance, j'avais entendu des récits concernant le sort fatal réservé au téméraire qui aurait osé débarquer sur l'île des Chevaux. Certes, je ne croyais plus à ces histoires, mais je n'en ressentis pas moins alors les frissons de peur qui m'avaient envahi la première fois que je les avais entendues. Je ne pouvais être tout à fait sûr que les chevaux n'avaient pas laissé cette piste exprès pour nous entraîner dans la mer à leur suite. Je n'aurais pas été surpris si, à ce moment-là, un chemin s'était ouvert dans l'eau devant nous, comme une invite. Je savais que dans ce cas, j'aurais marché, comme hypnotisé, vers mon anéantissement.

Heureusement que Pat était avec moi. Tandis

que mon imagination vagabondait, il avait vu du premier coup la véritable explication.

— La marée est venue et a recouvert leurs traces puisqu'ils galopaient dans cette direction, affirma-t-il.

Au loin, tout à l'extrémité de la grève, l'île se dressait à pic et se terminait en une falaise escarpée surplombant l'océan. Nous nous sommes dirigés vers la falaise, pensant y trouver les traces des chevaux qui auraient fait volte-face. Mais il n'y en avait aucune. Où qu'ils fussent allés, ils n'en étaient pas revenus par là.

— Je ne vois qu'une possibilité, reprit Pat. Il y a sûrement une bande de terrain sec au pied de cette falaise à marée basse. C'est seulement de cette façon que les chevaux ont pu quitter cette plage.

— Je me demande bien où ils sont allés, dans ce cas ? dis-je.

Nous avons grimpé en haut de la plage et nous nous sommes assis sur l'herbe drue, pour réfléchir un peu.

— Regarde la mer, maintenant : on peut estimer qu'elle sera tout à fait haute vers midi, calcula Pat. C'est-à-dire dans deux heures environ, un peu plus peut-être. C'était donc marée basse vers six heures du matin à peu près.

— Et je crois qu'il devait être autour de cinq heures lorsque les chevaux sont passés au galop près du camp, assurai-je. Tu t'es rendormi, mais moi je n'ai pas pu. Il n'était sûrement pas beaucoup plus de six heures quand je suis descendu au bateau et que j'ai aperçu les anguilles. La mer était juste étale à ce moment-là.

— Pas de veine, avec ces anguilles. Si elles n'avaient pas été là, nous aurions aussitôt suivi les traces des chevaux jusqu'ici et du coup, nous aurions pu contourner le pied de la falaise. Bon, eh bien maintenant, il ne nous reste plus qu'à monter là-haut.

Et sans plus discuter, nous avons entrepris l'escalade de la longue pente herbeuse qui menait de la plage au sommet de la falaise. Cette partie de l'île semblait être le quartier général des lapins. Tout autour de nous, ce n'étaient que terriers et pistes, à tel point qu'il fallait bien regarder où l'on posait ses pieds pour ne pas buter... L'herbe était tondue comme si un troupeau de moutons était venu paître là. Au bout d'un moment, le sol devint marécageux et de durs roseaux coupaient nos pieds nus. Nous sommes ensuite tombés sur une série de monticules, séparés par des fossés pleins d'eau. Il nous fallut marcher le long de chacune de ces rigoles jusqu'à ce que nous trouvions un endroit assez étroit pour l'enjamber.

C'était lent et fastidieux et pour finir, quand nous sommes arrivés à un coin sec, bien plat, nous nous sommes laissés tomber sur le dos pour nous reposer un bon moment. Je contemplai le soleil jusqu'à en loucher, puis je refermai les yeux sur une brume rosée et prêtai l'oreille aux bruissements qui m'entouraient, le vent chantonnant au-dessus de nos têtes, les cris des mouettes, le crissement affairé des insectes dans l'herbe alentour. Je m'aperçus alors qu'il manquait un son à ce concert. Je m'assis d'un coup.

— Pat, questionnai-je, pourquoi n'entendons-nous pas la mer plus nettement ? Nous sommes presque au sommet de la falaise. Les vagues devraient se briser juste au-dessous de nous ?

Il écouta un moment, puis répondit :

— Je les entends, mais elles sont trop loin.

— Et je sais pourquoi ! m'écriai-je en sautant sur mes pieds. Nous sommes sûrement au bord de la vallée des chevaux sauvages !

Ç'avait été le plus merveilleux passage de l'histoire de la vieille grand-mère. Elle nous avait souvent parlé de la Vallée secrète où il était si difficile de pénétrer et où des chevaux sauvages avaient grandi, génération après génération, depuis l'époque de la Grande Armada. Une fois tous les bateaux espagnols dispersés, c'était en 1588, de nombreuses épaves avaient été rejetées sur la côte irlandaise. Au cours d'interminables et tristes jours, des cadavres d'hommes et de chevaux avaient été ramenés par la marée. Pourtant, quelques petits chevaux avaient réussi à nager jusqu'au rivage, de petits chevaux délicats, gris argent, ancêtres, dit-on, des poneys de Connemara. Les insulaires les avaient capturés et soignés et aujourd'hui on peut voir leurs descendants à travers tout Connemara.

Mais à l'île des Chevaux était arrivé un étalon noir comme du charbon, à l'œil farouche, accompagné d'une petite jument également noire. Tout au long de ces terribles jours de tempête, ils avaient réussi, on ne sait comment, à rester ensemble. Et, attaché à la selle de l'étalon par sa ceinture de cuir clouté d'or, il y avait un soldat espagnol. Quand on l'avait trouvé, son visage était d'une pâleur cireuse telle que, d'abord, on l'avait cru mort. La vieille femme le racontait comme si elle s'était trouvée là elle-même. Les galons d'or de l'uniforme du soldat et la garde dorée de son épée étaient noircis par le sel de la mer, disait-elle. Mais finalement, il avait repris connaissance et il était resté sur l'île, aidant aux travaux de la ferme, à la pêche, et faisant l'élevage de ces merveilleux chevaux à la robe de jais qui avaient donné son nom à l'île. Il avait même épousé une fille de l'île, bien qu'il fût, disait-on, de sang noble.

Tout en n'ayant pas véritablement envie de retourner dans son pays, souvent il soupirait après la terre ensoleillée d'Espagne. Il était mort au bout de quelques années, et ensuite l'étalon redevint sauvage. Personne ne pouvait en venir à bout. Si un homme de l'île s'approchait de lui, il l'attaquait avec des hennissements stridents, cabré, les sabots griffant l'air, la crinière et la queue flottant dans le vent. Il prit possession de la Vallée secrète, et les insulaires la lui abandonnèrent.

À Connemara, quand on a des moutons, on les laisse en liberté dans la montagne, à brouter à leur gré. De temps à autre, on monte y jeter un coup d'œil et l'on redescend en poussant devant soi un petit troupeau de jeunes bêtes, mais nul n'est capable de dire combien de têtes lui appartiennent exactement. C'est ce qui était arrivé avec les chevaux sauvages. Au début, les gens en avaient très peur, puis je suppose qu'ils ne s'en souvinrent plus ; en tout cas, les chevaux sauvages continuèrent à vivre dans la Vallée secrète, et les insulaires capturaient, de temps à autre, un jeune poulain ou une pouliche qu'ils dressaient pour le vendre ou pour le faire travailler sur l'île. Comme je l'ai déjà dit, c'étaient eux-mêmes des gens très rudes, très farouches, et ils devaient éprouver de la sympathie pour ces bêtes impétueuses. Très rares étaient les étrangers qui venaient dans l'île, aussi les habitants n'étaient-ils pas assommés de bons conseils et pouvaient-ils faire ce que bon leur semblait.

L'herbe se raréfiait et disparut totalement avant même que nous ayons atteint le sommet de la falaise. La dernière partie du trajet n'était que calcaire noirci, pelé, dénudé à l'exception d'une rangée d'orpins à fleurs roses, un peu en retrait du bord de la falaise. Nous nous sommes étendus à plat ventre et nous avons rampé jusqu'à l'extrême limite pour regarder en bas. Et là, nous sommes restés silencieux un long moment.

Le premier coup d'œil sur la vallée des chevaux sauvages semblait une échappée vers l'Éden. Les falaises tombaient à pic, comme si elles allaient finir dans la mer, mais en fait, à leur pied s'ouvrait une longue et vaste plaine, toute tapissée d'une herbe tendre et moelleuse. D'un côté, un frais ruisseau courait vers l'océan. Là, les vagues venaient mourir doucement sur un rivage en pente douce, une plage d'argent. Comme nous l'avions supposé, la falaise sur laquelle nous étions allongés surplombait la mer, mais à marée basse la grève était découverte et sèche. Aussi loin que nous pouvions voir, c'était le seul passage vers la vallée. Tout autour, celle-ci était bordée d'une ligne de falaises qui la coupaient du reste de l'île. La paroi qui s'élevait en face de nous était entaillée de plusieurs grottes.

Même totalement déserte, cette vallée aurait été délicieuse. Mais ce qui nous laissait sans voix, paralysés, incapables de faire plus que regarder et regarder encore, c'était cette merveilleuse et mouvante arabesque que dessinaient les chevaux galopant. Nous ne les avons pas comptés alors, mais il y en avait bien une trentaine. La plupart étaient des poneys de Connemara gris argent, mêlés à quelques bais, et à des noirs. Leur chef semblait être un farouche étalon noir, peut-être le descendant direct du destrier qui avait nagé jusqu'au rivage, au temps jadis. L'encolure cambrée, la crinière et la queue flottantes, il caracolait et virevoltait. Quand il franchit d'un bond le ruisseau, tous le suivirent. S'il s'arrêtait un moment, tous s'arrêtaient. À force de les contempler, nous nous sommes aperçus que plusieurs des juments noires étaient accompagnées de poulains trottant à leur flanc. Les noirs avaient l'air étrangement plus impétueux et plus heureux que les autres. C'était un petit quelque chose dans la façon de redresser la tête, de jeter les sabots de côté en galopant...

Tout à coup, le chef s'arrêta et se mit à brouter. Et tout devint calme et paisible. La chaleur du soleil sur notre dos, la douce mélopée des vagues, les mouvements élégants, délicats des chevaux, tout se conjuguait pour nous assoupir dans notre bien-être. À la fin, Pat murmura d'une voix sourde, comme s'il parlait dans son sommeil :

— Je voudrais qu'on puisse rester ici, pour toujours. Je voudrais ne jamais rentrer à la maison...

Après une pause, il reprit :

— Nous reviendrons ici tous les étés. Nous dormirons dans la cabane, et nous passerons des jours et des jours ici, avec les chevaux !

Puis il se tut. Je ne répondis rien. Nous n'avions pas besoin de parler pour exprimer ce que nous ressentions. À Inishrone, notre travail était déjà estimé autant que celui d'un homme adulte. Tous les ans, jusqu'alors, aussitôt les pommes de terre plantées, nous avions disposé de quelques semaines bien à nous. Nous pouvions rester des heures dans le vieux fort, au sommet de l'île, à discuter et à faire des projets, ou bien nous pouvions partir à la pêche toute la journée si le temps s'y prêtait, ne rentrant chez nous que poussés par le froid ou la faim. Mais cette année-là, bien que rien n'eût été précisé, il nous était toujours resté du travail. Nous savions que si nous partions nous amuser, personne ne ferait la besogne à notre place et qu'elle attendrait notre retour. Pat reprit alors :

— Nous pourrions commencer par amener les moutons paître ici. Ça nous donnerait une bonne raison pour venir.

— Mais tu sais bien ce qui arriverait ensuite. Quelqu'un finirait par savoir, à propos des chevaux, et aussitôt après ils arriveraient avec des bateaux pour les attraper et les emmener.

— Oui, c'est bien vrai. Il vaudra mieux ne pas en parler.

Pour un peu, nous aurions éclaté à l'idée de garder un tel secret pour nous tout seuls. Au bout d'un moment, je lançai :

— Est-ce que nous descendons dans la vallée ?

— Je pense que nous devrions attendre que la marée redescende, et faire le tour par la plage. Suppose que l'un de nous tombe de cette falaise, l'autre aurait joliment du mal à l'en sortir.

C'était si raisonnable que je dus bien accepter

d'attendre. La vue des chevaux piaffant, si hardis et si libres, nous avait donné envie d'en faire autant. Nous avons alors dévalé la colline, sautant de touffe d'herbe en touffe d'herbe comme des lièvres dans un pré. Cette fois-ci, nous prêtions à peine attention aux fossés et aux terriers de lapins ! Nous avons fait des culbutes, pieds par-dessus tête, en poussant des clameurs quand nous sommes arrivés au chemin verdoyant qui montait de la plage. Finalement, nous nous sommes jetés sur l'herbe près de notre feu, et nous sommes restés allongés là, à bout de souffle.

Les heures suivantes nous semblèrent mortelles. Nous avons mangé nos pommes de terre et attisé le feu pour en mettre d'autres à rôtir. Nous avons si souvent rendu visite à nos anguilles qu'elles devaient en avoir vraiment assez de nous voir. Les tonneaux flottaient, suivant doucement le flux et le reflux des vagues. Pour calmer notre surexcitation, nous sommes allés nous baigner près de l'appontement. L'eau était d'une fraîcheur piquante et elle nous aida bien à supporter l'attente. Ensuite, nous nous sommes assis un long moment sur l'appontement, regardant la barcasse descendre lentement avec la marée. À la fin, je décidai :

— Nous pouvons y aller, maintenant.

Sans un mot, nous sommes repartis vers la grève d'argent. L'après-midi fraîchissait déjà, bien qu'il ne fût pas plus de trois heures. La mer était un peu plus agitée qu'avant, et d'une couleur verdâtre qui ne me disait rien qui vaille. Pourtant, le ciel était encore assez clair. Il y avait seulement quelques heures, nous avions allégrement envisagé de rester tout l'été sur l'île et maintenant, nous étions un peu mal à l'aise à l'idée du temps que nous avions déjà passé loin de chez nous. Si une tempête survenait maintenant, plusieurs semaines pourraient s'écouler sans que nous arrivions à quitter l'île.

Quand nous avons atteint la plage, la mer était beaucoup plus basse que le matin. À présent, la falaise s'élevait sur du sable sec et ferme.

— Nous aurions pu amener le bateau près d'ici depuis des heures, dis-je. Mais Pat estima que ç'aurait été absurde.

— D'ailleurs, ajouta-t-il, ce sera plus facile d'embarquer le poulain dans le bateau depuis l'appontement.

— Le petit noir, qui court si vite ?

— Naturellement. Oh, Danny, c'est le plus beau de tous ! Je ne rentrerai pas à la maison sans l'emmener !

— C'est le plus beau de tous, sûrement. (Moi non plus je ne pouvais en détacher mes regards.) Mais j'ai bien peur qu'on n'ait des ennuis si on le ramène chez nous. Les gens voudront savoir où nous l'avons pris...

— Nous dirons que nous l'avons trouvé, répondit Pat, désinvolte. Et en fait, qui a plus de droits sur lui que moi ? C'est clair comme le jour qu'il descend du vieil étalon espagnol. Et tout le monde reconnaît que moi, je descends du propriétaire de l'étalon... Je le donnerai à John. Et si John peut faire cadeau d'un tel poulain à Stephen, ça le radoucira et ça mettra fin à ses récriminations.

C'était une si bonne raison pour ramener le poulain que je ne fis plus aucune objection. Il n'y avait pas, dans tout le pays, plus grand connaisseur en chevaux que Stephen Costelloe, et quand il aurait vu le poulain, son choix serait vite fait entre lui et Barbara ! Égoïste comme il l'était, il lui fallait dans tous les domaines ce qu'il y avait de mieux.

Nous avons alors contourné le pied de la falaise et sommes remontés le long de la grève. Arrivés au tapis gazonné de la vallée, nous avons ralenti l'allure pour ne pas effrayer les chevaux. En nous apercevant près d'eux, ils redressèrent la tête de ce geste vif qui leur est propre. Ils nous regardèrent fixement, mais ne prirent pas la fuite.

— Ils n'ont jamais vu personne jusqu'ici, j'imagine, dit Pat.

C'était merveilleux de s'approcher d'eux tandis qu'ils buvaient au ruisseau ou paissaient tranquillement, et de leur flatter l'encolure jusqu'à ce que leurs oreilles en frémissent de plaisir. Seuls les noirs se méfiaient un peu de nous. Les plus âgés sautaient de côté et ne se laissaient pas toucher. Nous les avons laissés tranquilles car nous savions que s'ils voulaient se battre pour nous empêcher de prendre le poulain, ils seraient sûrement vainqueurs.

Le poulain n'avait pas plus de sept ou huit mois. Son pelage brillait comme les bandes de satin sur la robe du dimanche de ma mère. Ses jambes étaient si droites, si élancées, qu'on se demandait comment elles pouvaient le porter, et ses petits sabots arrondis étincelaient comme des galets fraîchement lavés par la mer. Il tourna son long cou cambré pour nous regarder. Il y avait tant d'intelligence, tant de compréhension dans ses yeux que je dis à mi-voix :

— C'est comme si on arrachait un enfant à sa mère, Pat !

— Je ne peux pas rentrer à la maison sans lui, redit Pat, après un moment.

Il étendit lentement le bras et flatta le cou du poulain. Celui-ci frissonna, puis vint plus près de lui. Pendant que le poulain le flairait, Pat empoigna sa crinière derrière les oreilles et y entortilla ses doigts. Puis, très doucement, nous nous sommes dirigés vers la plage, le petit cheval trottant paisiblement entre nous. Il balançait sa longue queue et semblait tout à fait content. Nous gardions un œil sur les autres chevaux, mais ils n'avaient pas l'air de s'être aperçus de notre départ. Ils étaient déjà repris par leurs occupations.

Pourtant nous n'avons pas été tranquilles avant d'avoir tourné le coin de la falaise et atteint la plage d'argent. Nous ne nous sommes arrêtés qu'une fois le poulain en sûreté dans la cabane. Alors nous avons condamné l'ouverture avec des fagots de joncs, du mieux possible, et nous avons enfin pu nous asseoir et manger notre dîner devant le feu.

CHAPITRE IV

OÙ NOUS RAMENONS LE POULAIN CHEZ NOUS

Nous n'avons plus quitté le camp cette nuit-là. Quand notre repas fut terminé, le crépuscule tombait. Aucune chaleur ne s'était dégagée du couchant doré. Maintenant, le ciel était couvert de lourds nuages, et il faisait affreusement froid. Pourtant nous avons très bon moral en couvrant le feu et en nous préparant pour la dernière fois à dormir dans la cabane.

Il ne fut pas très facile de convaincre le poulain de se coucher. Il resta debout, jambes fermement écartées, pendant un bon moment, mais à la fin nous avons réussi, en le flattant et en le cajolant, à l'installer gentiment dans un coin de la hutte. Nous avons étendu la vieille voile près de lui et je m'y allongeai. Quant à Pat, il s'appuya contre le poulain, lui entourant le cou de son bras.

— Je vais dormir comme ça, annonça-t-il. C'est le seul moyen d'être sûr qu'il ne nous faussera pas compagnie dans la nuit sans que nous nous en apercevions.

Nous nous sommes endormis plus rapidement cette seconde nuit. Nous étions suffisamment fatigués pour oublier que le sol était dur et froid, et nous avons à peine entendu le méchant petit vent qui gémissait tout autour de la cabane comme un lutin malade. Nous dormions avant même que le dernier rai de lumière eût quitté le ciel.

Il faisait encore nuit noire quand je m'éveillai, secoué par Pat.

— Le poulain ! faisait-il en haletant. Aide-moi à le tenir !

Tout autour de nous, exactement comme la veille, le sol tremblait et la nuit résonnait du roulement de tambour des sabots.

— Qu'est-ce qui se passe ? questionnai-je bêtement.

— Ce sont les chevaux sauvages qui reviennent, et si nous ne le retenons pas, ce gaillard-là sera vite parti les rejoindre.

Tâtonnant à sa recherche dans le noir, je m'aperçus que le poulain s'était redressé. De rapides frémissements le parcouraient. Je passai la main sur lui en remontant de son cou à sa tête et sentis ses oreilles durement pointées. Alors, un hennissement sauvage, perçant, qui nous glaça, retentit au-dehors.

— C'est l'étalon noir, murmura Pat.

Nous nous sommes cramponnés au cou du poulain qui tentait de foncer en avant. Il lança des ruades dans le vide et secoua la tête pour nous faire lâcher prise. Ses sabots frappaient les parois de la cabane. L'étalon hennit à nouveau et le poulain lui répondit.

— Si cet étalon s'en prend à nous, c'est la fin, dit Pat à voix basse. Tiens-le bien serré, il se fatiguera de lutter !

Nous n'osions relâcher notre étreinte une seconde, pas même le temps de jeter un regard par la porte. D'après le bruit, nous comprenions que les chevaux ne s'étaient pas arrêtés dans leur course folle. Puis, dans le lointain, nous avons de nouveau entendu l'étalon. Comme s'il comprenait qu'on l'avait abandonné, le poulain restait immobile à présent, avec seulement de temps à autre un long frisson qui trahissait son inquiétude. À la fin, quand il fut impossible d'entendre encore les chevaux sauvages, nous l'avons persuadé de se recoucher. Mais nous n'avons pas retrouvé le sommeil cette nuit-là. Une heure durant, jusqu'à l'aube, nous sommes restés allongés contre sa croupe lui parlant doucement ou discutant entre nous.

Nous pouvions maintenant distinguer le contour des bouquets de joncs se détachant sur le ciel. Puis la grisaille devint blancheur, et peu à peu ce fut le matin. Pourtant, nous n'avons pas bougé tout de suite, car nous savions que les chevaux pouvaient revenir tant que la mer était basse. Nous avons mâchonné nos derniers croûtons de pain rassis et nous avons gobé nos œufs tout crus car nous n'osions pas sortir pour les faire cuire.

Il devait être près de huit heures quand j'ai enfin mis le pied dehors, au soleil. Le vent s'était légèrement atténué. Des lambeaux de nuages voguaient dans un ciel tout bleu et la mer, bien que d'un bleu sombre, semblait agitée, menaçante.

— Je pense que nous pourrions le laisser sortir paître un moment, criai-je à Pat. Et il doit aussi avoir envie de boire !

Je descendis en courant et pris une corde dans le bateau pour en faire un licol. Puis Pat emmena le poulain au ruisseau qui s'écoulait de la source proche, et il but longuement. Quand je le quittai, il paissait tranquillement au bout de sa corde et Pat le surveillait comme une mère couve son enfant unique...

De retour au bateau, je réfléchis au moyen d'embarquer le poulain. Le plus facile, pour le ramener à Inishrone, aurait été de le laisser nager derrière le bateau, au bout d'une corde. Mais il était trop jeune et la distance trop grande pour prendre ce risque. Une barcasse n'est pas un grand bateau mais comme nous n'avions pas de cabine, il y aurait assez de place pour le poulain, debout ou couché. Le plus dur, pensai-je, serait de le faire tenir tranquille.

Notre lest, constitué de pierres, était disposé

régulièrement au fond du bateau, comme un pavage. Je le débarrassai des divers outils qui l'encombraient. Ensuite, j'arrachai un peu d'herbe tendre et la répandis dessus pour que les pierres ne blessent pas notre poulain. Après, je redescendis la vieille voile, la couverture et le reste du sac de pommes de terre, et les entreposai à l'arrière. Je grimpai sur le toit de notre hutte et en retirai d'abord une rame, puis la seconde. Les branches de joncs tombèrent sans bruit à l'intérieur.

Finalement, quand tout fut prêt, je lançai pompeusement à Pat :

— Maintenant, il ne nous reste plus qu'à amener à bord Sa Majesté ici présente, et nous pourrons lever l'ancre.

Pat se frottait le nez contre le poulain comme s'il en était un lui-même !

— Ce fiston fera tout ce que je lui dirai, assura-t-il. Allons, viens, mon vieux, on va te faire naviguer !

Mais arrivé au quai, Pat s'arrêta brusquement.

— Le crabe ! s'écria-t-il. Le crabe pour ma grand-mère ! J'allais l'oublier. Écoute, tiens ce monsieur un instant, le temps que j'aille en attraper un.

Une seconde plus tard, il sautait sur les rochers près du quai, puis plus bas, au-delà du coin vaseux où nous avions trouvé les anguilles. Je le vis s'allonger, la tête en bas, au bord d'un gros rocher plat qui saillait au-dessus d'une flaque d'eau de mer. Puis tout d'un coup, sa main plongea comme une flèche dans l'eau. Quand il la ressortit, je vis qu'il agrippait solidement par le dos de sa carapace un vigoureux petit crabe qui remuait désespérément dans le vide ses lentes et ridicules antennes. Il fut aussitôt de retour sur le quai et rangea le crabe dans le réservoir à poissons, à l'arrière de la barque. Puis il s'appuya au plat-bord, sur la dernière marche du quai, et me dit :

— Maintenant, Danny, tu n'as qu'à le conduire ici, vers moi.

Et c'est ce que je fis. En haut des marches, le poulain s'arrêta et sembla vouloir incruster ses sabots dans le sol, ainsi que les chevaux en ont l'exaspérante habitude. Pat tendit les bras vers lui, comme on ferait pour appeler un enfant. Le poulain jeta un regard au bateau d'un air de se demander, ma foi, s'il était capable de tenir la mer. Puis, très prudemment, tâtant chaque marche avec ses sabots, il voulut bien descendre à ma suite. Enfin, il se ramassa sur lui-même et, d'un bond, il sauta à bord. Un instant il sembla vouloir bondir aussitôt en arrière pour retrouver la terre ferme. Ses yeux roulaient follement et sa tête se redressait par saccades. Mais il sembla décider qu'après tout il serait plus commode de rester là où il était. Quand je le vis enfin affermir ses jambes contre le roulis du bateau, je sus que nous n'aurions pas d'ennuis avec lui.

Nous n'avions pas oublié les anguilles. Il ne fallait tout de même pas espérer que le poulain voudrait bien se coucher et, puisqu'il semblait me préférer Pat, je les laissai ensemble. Je saisis une longue corde et un gros flotteur de liège, car nous voulions utiliser la marée montante pour prendre les tonneaux en remorque.

Les fûts étaient encore hauts et secs, mais à quatre pieds seulement du bord de l'eau. Je commençai par les attacher ensemble avec la corde qui les avait amarrés au rocher. Puis je nouai à celle-ci le morceau que j'avais apporté au moyen d'un nœud spécial que m'avait appris mon père. Pour terminer, je fixai solidement le flotteur au bout de la corde et le lançai dans l'eau aussi loin que je pus. Il se mit à danser gentiment à la surface, au-delà de la ligne de petits brisants.

Quand je fus de retour à la barcasse, Pat me dit :

— Ça marchera bien si le flotteur n'est pas ramené sur la plage par le flot.

— Dans ce cas, je n'aurai plus qu'à aller le rechercher à la nage, dis-je avec résignation.

J'ai beau être bon nageur, j'estimais alors, et j'estime toujours, que la mer est faite pour les poissons et non pour les chrétiens... L'océan Atlantique au mois d'avril est un bain glacé, comme j'avais pu m'en assurer la veille.

Nous sommes restés assis dans le bateau un certain temps, regardant le flot se rapprocher peu à peu des tonneaux. Au bout d'une heure environ, nous avons enfin vu la marée les soulever doucement. Nous avons alors quitté le quai, aussi calmement que possible, pour ne pas effrayer le poulain. En fait, celui-ci semblait s'être tout à fait bien accoutumé à la barcasse, et il ne nous causa pas d'ennuis. Nous avions quand même peur, si le bateau faisait une embardée soudaine, qu'il fût pris de panique et sautât par-dessus bord pour rentrer chez lui à la nage.

Dans cette éventualité, j'attachai au plat-bord le bout libre de son licol. Ensuite, tandis que nous voguions en suivant le rivage, Pat le flatta et le cajola sans arrêt. La vergue frôlait sa tête chaque fois qu'elle virait de bord, mais nous nous sommes vite aperçus que cela le faisait juste se blottir prudemment un peu plus au fond.

Finalement, je n'eus pas à m'offrir une partie de brasse. Nous avons pu relever le flotteur très facilement, et je halai les barils vers nous pour les avoir en remorque au bout de quelques mètres de corde. Et maintenant, nous pouvions enfin mettre le cap sur la maison.

Ce fut un voyage difficile. Nous étions mer arrière, et la poupe de notre barque ne pouvait pas s'élever à la lame normalement, du fait du poids des tonneaux d'anguilles. C'était presque comme si le bateau était à moitié rempli d'eau. Et puis, je devais m'occuper tout seul des voiles, car Pat n'osait pas lâcher le poulain une minute. Nous avions tout d'abord pensé que cela n'aurait guère d'importance que le poulain saute par-dessus bord et nage derrière nous. Mais quand nous avons vu les lourdes lames sombres qui nous pourchassaient, et que nous avons senti la faible résistance que leur opposait le bateau, nous nous sommes dit que le bond du poulain suffirait à nous faire chavirer. Et dans ce cas, plus personne n'entendrait jamais parler de nous. Aussi, tout au long des sept milles qui nous séparaient de la maison, Pat garda une main posée sur la tête du poulain apeuré, tout en lui parlant doucement.

Nous avions oublié de faire cuire quelques pommes de terre pour le voyage. Il avait fallu penser à trop de choses. Nous avons découvert dans notre bric-à-brac un vieux bidon rouillé contenant de l'eau, mais en m'apercevant qu'une colonie de petites bestioles grouillantes avaient élu domicile au fond, je le tendis silencieusement au poulain. Il enfouit ses doux naseaux dans le bidon et en absorba tout le contenu, jusqu'au dernier vermicule bien étonné...

— Ça doit être formidable de ne pas être trop difficile... soupira Pat avec envie, en regardant le poulain se lécher les babines.

De temps en temps, nous jetions un regard en arrière sur notre île. À peine l'avions-nous quittée que ses contours et ses couleurs avaient commencé à changer, à redevenir lentement tels qu'ils étaient avant notre débarquement. La haute colline verdoyante se transforma en coupole bleu sombre. Les brisants devinrent une silencieuse ligne blanche. Bientôt, l'appontement disparut, et l'île tout entière fut de nouveau ce tableau lointain, plein de mystère, qu'elle avait toujours été pour moi, aussi loin que je pouvais m'en souvenir. Et tout était si différent de l'endroit où nous avions passé ces deux derniers jours, que j'aurais pu aussi bien imaginer que j'étais entré, en rêve, dans l'un des tableaux accrochés au mur de la cuisine, comme j'avais l'habitude de le faire quand j'étais tout petit.

Mais Pat était là pour prouver que tout était vrai, et aussi le poulain, et les deux fûts d'anguilles. De toute façon, nous devions réfléchir à trop de choses en approchant d'Inishrone pour nous laisser envahir par la nostalgie de l'île des Chevaux.

— Le bateau de Mike Coffey est encore là, dit Pat. J'espérais qu'il serait parti quand nous reviendrions.

— Et le capitaine hollandais est là aussi, constatai-je un peu plus tard.

Son bateau gris, trapu, était ancré en eau profonde à l'extrémité du quai. Le capitaine hollandais avait un nom, mais personne n'arrivait à s'en souvenir. Il était gris et trapu comme son bateau, presque chauve pouvait-on constater quand il retirait sa casquette à visière. Il était très poli et avait l'habitude de s'asseoir dans les cuisines, sa casquette sur les genoux, entouré par les enfants de la maison qui ouvraient des yeux émerveillés. Il était toujours vêtu d'un jersey de marin et d'un pantalon noir, retenu sur son ventre rebondi par une large ceinture de cuir noir. Il avait des yeux marron, larges et rassurants, des yeux de phoque. Personne sur l'île ne comprenait un traître mot de sa langue, et il n'en savait pas un de la nôtre. Pourtant, on se débrouillait pour lui vendre des langoustes et des anguilles. Il semblait aimer Inishrone et restait souvent un jour ou deux après avoir fini son travail, à prendre le soleil sur le mur du quai. Il embauchait généralement un garçon de l'île pour travailler avec lui sur le bateau. À cette époque, c'était un gars nommé Brian O'Donnell, de Templebreedy, à l'autre bout de l'île. Nous étions tous jaloux de lui, avec ses histoires sur les ports étrangers qu'il avait visités, et les choses bizarres, étonnantes qu'il avait vues.

Juste avant d'arriver au quai, je jetai ma ligne et attrapai un poisson de roche pour ma mère. Le poulain, je ne sais pourquoi, détestait cette espèce : en effet, pour la première fois depuis que nous avions quitté l'île des Chevaux, il se mit à piaffer et à ruer. Pat le tint de court pendant que j'amenais la voile et dirigeais tout seul la barcasse à l'appontement. Nous étions si affairés que nous touchions presque au port avant de nous apercevoir que la moitié des hommes de Garavin nous attendaient, debout sur le quai.

Il y avait là mon père, et le père de Pat, Bartley Conroy. Ils nous examinèrent soigneusement pour voir s'il ne nous manquait pas un bras ou une jambe après notre absence de deux jours. Puis ils s'occupèrent tous du bateau, et nous étions bien contents de leur aide. Ils ancrèrent le rafiot pour nous et débarquèrent le poulain, puis les deux tonneaux d'anguilles. Matt Faherty, de la taverne, eut le coup de foudre pour le poulain.

— Une vraie beauté ! Oh, c'est vraiment une pure merveille ! répétait-il sans cesse.

— Où l'avez-vous ramassé ? s'enquit mon père.

— Nous l'avons trouvé qui nageait, répondit Pat sans rougir.

— C'est pas possible ! s'exclama Darry Folan, le maréchal-ferrant. — Il jeta un coup d'œil professionnel sur les sabots du poulain. « Il n'a jamais été ferré ! »

Du coup, je me suis rappelé ce qui m'avait traversé l'esprit sur l'île. Une pensée qui s'était si vite évanouie que je n'avais pas réussi à la retrouver jusqu'à cet instant. J'étais si stupéfait que j'en avais la parole coupée. Heureusement, personne ne faisait attention à moi à ce moment-là : ils étaient tous en train d'admirer le poulain.

— Peut-être bien qu'il fera votre fortune, comme l'oie des Clancy... dit Tom Kenny, qui possédait une ferme voisine de la nôtre.

Cela déclencha un éclat de rire général. La famille Clancy était très nombreuse et très pauvre, mais pas mal organisée du tout. Elle subsistait surtout grâce à la générosité des voisins. À onze heures chaque matin, on avait des chances de voir arriver dans sa cuisine, trottinant sur ses pieds nus, un enfant Clancy. Une bouteille était silencieusement tendue pour que vous la remplissiez de lait, ou bien une voix chuchotante sollicitait le prêt de quelques œufs, d'un peu de farine pour faire un gâteau, ou d'un oignon pour mettre dans les pommes de terre. On parlait toujours d'emprunt, bien que personne n'eût jamais vu revenir l'une ou l'autre de ces denrées... Pourtant, nul ne s'en souciait. La maîtresse de maison était toujours prête à couper une grosse tranche de pain pour l'enfant et à donner, pour l'amour de Dieu, tout ce qu'on lui demandait. Ensuite l'enfant détalait, toujours sans un mot, et rentrait chez lui en sautant par-dessus les murets, comme une hirondelle par temps de pluie. Ils étaient six à rentrer chez leur mère en courant, presque au même moment, avec ce qu'ils avaient récolté. Ils étaient toujours très pauvrement vêtus. On nous disait que c'était parce que leur père était marin au lieu d'être fermier.

Et puis, deux ans auparavant, l'un des enfants Clancy avait trouvé une oie sur la grève. Étant bien dressé, il avait réussi à la prendre dans ses bras, je ne sais comment, et l'avait rapportée à sa mère. C'était une femme pauvre, mais très honnête, et elle avait fait tout le tour d'Inishrone, en demandant si quelqu'un avait perdu une oie. Personne n'en avait perdu, et finalement, les insulaires avaient décidé d'un commun accord qu'elle pouvait garder l'animal.

Mme Clancy possédait moins de terre qu'une alouette en pourrait ensemencer, comme nous disons. Elle l'avait mise à l'engrais avec le troupeau d'un voisin. Bientôt, l'oie avait pondu des œufs et couvé des oisons. Avec l'argent des oisons qu'elle avait vendus à Noël, Mme Clancy avait acheté une agnelle en mars. Un autre voisin lui avait fourni la pâture de l'agnelle, qui était maintenant adulte et mère d'agnelles jumelles. Et c'est ainsi que Mme Clancy se trouvait en bonne voie de devenir fermière...

Tandis que les hommes étaient en train de discuter du poulain, le capitaine hollandais ouvrait sans bruit les tonneaux d'anguilles. Il poussa un petit cri quand il en vit la taille et le nombre, si bien que plusieurs hommes vinrent jeter un coup d'œil.

— Où avez-vous attrapé ces monstres ? demanda Matt Faherty au bout d'un moment.

— Là-bas, à la pointe de Golam, répondit Pat. Elles flottaient sur l'eau, après la gelée du petit matin. Les prendre était vraiment la chose la plus facile du monde !

La dernière partie de sa phrase au moins était l'expression de la vérité. Tout le monde observait le capitaine hollandais qui vidait les tonneaux d'anguilles dans son bateau. Il nous les paya sur-le-champ, et nous avons partagé l'argent entre nous deux. Comme j'empochais ma part, je sentis sur mon épaule une main trop cordiale pour être sincère. Avant même de me retourner je savais que cela ne pouvait être que Mike Coffey. J'avais deviné juste : la vue de tout cet argent passant dans ma poche le torturait cruellement. À présent, sa voix sirupeuse résonnait à mon oreille :

— Ah ! comme c'est agréable de voir deux jeunes gars aussi intrépides ! Est-ce que ta mère ne va pas être la plus heureuse des femmes quand tu lui tendras cet argent ! — Il traînait amoureusement sur le mot. — Mais tu sais ce qu'elle aimerait par-dessus tout ?

— Quoi donc ? demandai-je avec méfiance.

— Exactement ce que j'ai là pour toi...

D'un geste vif, il fit apparaître une petite pièce de coton bleu ciel imprimé de marguerites, qu'il tenait toute prête derrière son dos. Il comprit en un éclair que je la trouvais magnifique et que je me demandais si j'allais l'acheter ou non. Je savais bien que ma mère aimait plus que tout les jolis tabliers fleuris. Chaque fois qu'elle en avait un nouveau, je la surprenais en train de le tapoter doucement et de l'admirer quand elle croyait que personne ne la regardait.

— Prends-le en main, disait Mike d'une voix douce. Allez, prends-le, tâte-le. Il n'est rien qu'une femme aime davantage qu'une pièce de tissu à fleurs.

S'il n'avait pas dit ça, je l'aurais peut-être acheté. Mais il n'avait pu dissimuler complètement le mépris qu'il ressentait pour sa clientèle d'ignares.

— Merci bien. Je préfère qu'elle choisisse elle-même. J'aime mieux être sûr que ça lui plaît.

— Et tu vas rentrer chez ta mère les mains vides ! s'exclama-t-il avec une feinte horreur.

— J'ai l'argent des anguilles pour elle et un

poisson de roche par-dessus le marché ! Elle va être ravie...

Il comprit qu'il n'y avait rien à faire, et s'éloigna avec sa pièce de tissu.

— Les jeunes d'aujourd'hui n'ont vraiment pas de cœur, marmonna-t-il avec un grand soupir.

Le regard fixé sur la magnifique balle de tissu, je le regardai s'en aller. Je m'aperçus alors que mon père m'observait avec un sourire d'approbation.

— Je crois que je t'ai bien élevé, Danny, me dit-il. Cette même pièce de tissu se trouve chez Stephen Costelloe, à Rossmore, à six pence de moins le mètre...

— Bien sûr, un poulain c'est pas comme une oie, était en train de dire Derry Folan. Il vous faudra le garder un certain temps, au cas où quelqu'un viendrait le réclamer.

— C'est bien ce que je compte faire, assura Pat.

Il prit d'une main le crabe pour sa grand-mère, de l'autre le licou du poulain. J'attrapai mon poisson de roche par les ouïes et nous avons quitté l'appontement. Le poulain levait délicatement les pattes sur le chemin de pierres. C'était bon de se sentir de retour chez soi, dans la brise légère de cet après-midi ensoleillé. Certains des hommes nous ont quittés en arrivant au village, les autres nous ont accompagnés sur la route ouest jusqu'à la maison. Arrivés là, nous nous sommes promis de nous retrouver tous chez les Conroy pour passer la soirée, et mon père et moi nous sommes rentrés à la maison.

CHAPITRE V

OÙ NOUS ENTENDONS PARLER DE MIKE COFFEY

Ma mère avait appris que nous étions à l'appontement, et elle se hâta de préparer un festin qui compensa et au-delà mes deux jours de régime... Elle était enchantée de son poisson de roche et me félicita d'avoir refusé d'acheter le tissu pour tablier de Mike Coffey. Néanmoins, je lui arrachai la promesse de s'en procurer dès qu'elle irait à Rossmore. Je fis descendre le dernier gâteau de pomme de terre avec un plein gobelet de lait battu. Mon père dit alors :

— Et attends de voir le poulain noir que Patcheen Conroy a chez lui. Ils l'ont ramené debout dans la barcasse. Il commençait tout de même à se fâcher un peu quand ils sont arrivés à l'appontement.

— Où l'avez-vous trouvé ? demanda ma mère.

— Il nageait, répondis-je, me souvenant des paroles de Pat.

— Et où donc ? insista ma mère avec douceur.

— Là-bas, vers la pointe de Golam, fis-je en bafouillant.

Je n'avais jamais été très doué pour raconter des histoires, surtout à ma mère. Je me rendis compte aussitôt qu'elle avait des doutes, et fus rudement soulagé quand elle laissa tomber la question. Je résolus d'en discuter avec Pat pour qu'il accepte de dire la vérité à nos parents au sujet du poulain. Nous avions beau savoir que nous n'étions pas malhonnêtes, ce n'était pas très réconfortant si ma propre mère en doutait. D'ailleurs, il y avait cette autre idée que je voulais soumettre à Pat, cette idée qui me faisait penser que ma mère avait peut-être bien raison.

Dès que j'eus terminé, nous sommes allés, mon père et moi, traire nos deux vaches noires, des « Kerry ». Elles se trouvaient dans un champ près de la maison, et nous les avons traites sans les faire rentrer. J'en étais fort aise ; si nous avions été côte à côte dans l'étable, il aurait sûrement fallu parler encore du poulain. J'ignorais au bout de combien de temps mon père s'apercevrait des invraisemblances de notre histoire. Pour le moment, j'étais presque trop fatigué pour m'en tracasser. Les gâteaux de pomme de terre m'ont toujours donné envie de dormir. On était bien dans le champ, sous le soleil déclinant, avec le court gazon frais sous mes genoux nus tandis que je trayais la vache. Celle-ci battait doucement l'air d'une queue légère, et malgré son air grimaçant, elle s'abstint, pour une fois, de m'en donner un coup.

Nous avons rapporté nos seaux de lait à la maison et fait la répartition de leur contenu. Une partie alla dans la grande baratte pour faire du beurre. Une autre fut mise de côté comme boisson et pour le thé. La dernière fut versée dans le grand baril des cochons. Le temps de finir et ma mère avait fait la vaisselle du dîner et enfermé les poules pour la nuit. Il ne lui restait plus qu'à attraper son châle du dimanche derrière la porte, et nous étions prêts à nous rendre chez les Conroy.

La cuisine était déjà pleine à notre arrivée. C'était la plus belle de toute l'île pour y donner un bal, et je vis tout de suite qu'il allait y en avoir un ce soir-là. Les sœurs de Pat, Nora et Mary, étaient en train de retirer les pots en faïence des étagères inférieures pour les mettre plus haut. Le beurrier en verre brun, représentant une poule dans son nid, avait été posé sur le manteau de la cheminée, entre les chiens de porcelaine et les photographies des tantes d'Amérique. La grande table avait été transportée dans l'arrière-cuisine, où les hommes les plus âgés avaient déjà commencé à jouer aux cartes. Les chaises de cuisine étaient rangées contre les murs.

John s'était assis près du feu et cherchait un air sur son accordéon. Je regardai autour de moi, en quête de Pat, et vis qu'il avait tiré un tabouret bancal dans le coin opposé, là où sa grand-mère avait coutume de s'installer. Elle était secouée d'un petit rire saccadé mais avec le bruit des gens et de l'accordéon, je ne pouvais entendre ce qu'il lui disait.

La mère de Pat attira la mienne dans un coin pour bavarder. Mon père alla se joindre au groupe des joueurs de cartes, et je restai seul. Je me faufilai jusqu'à la cheminée. Le capitaine hollandais était assis dans la chaise à bascule à côté de Pat, se balançant doucement et souriant dans sa barbe à la vue des danseurs qui prenaient place pour le premier quadrille. Au moment où John attaquait les premières mesures de la « Marche de Connaughtman », je vis apparaître Mike Coffey sur le seuil. Son regard se dirigea aussitôt vers la chaise à bascule. En la voyant déjà occupée, son visage se convulsa de dépit, comme se ride, dans un pot, la surface du lait tourné ! Le capitaine ne s'en aperçut même pas. Il avait visiblement l'intention de passer toute la soirée dans le rocking-chair, à se balancer paisiblement d'avant en arrière, en fumant sa pipe au long tuyau.

Dès que j'accrochai le regard de Pat, je hochai la tête imperceptiblement en montrant la porte de derrière. Il acquiesça d'un signe, en plein dans son récit de la capture des anguilles. La danse battait alors son plein. Je me glissai derrière les spectateurs et parvins à l'arrière-cuisine. Les joueurs ne levèrent pas même la tête à mon passage, car ils en étaient à un moment important de la partie.

Il y avait encore un peu de jour dehors. Je m'appuyai contre le pignon de la maison pour attendre Pat. De là, je pouvais voir plus bas Templebreedy, le village situé tout au bout de l'île. À cet endroit, il y a un récif rocheux et un phare pour que les bateaux l'évitent. Déjà ses feux clignotaient tranquillement sur une mer d'huile. Et là-bas, à l'horizon, je pouvais tout juste distinguer les contours de l'île des Chevaux. Quand Pat m'eut rejoint, nous avons déambulé jusqu'à la route par le petit sentier et nous nous sommes assis dans l'herbe, juste au croisement. Bien que ce fût le lieu de rendez-vous habituel des hommes, ce soir-là il n'y avait personne d'autre que nous. Pourtant, je regardai autour de moi pour m'assurer que nous étions seuls, avant de lancer :

— Pat, je crois que nous devrions raconter où nous avons trouvé le poulain.

— Est-ce que tu veux dire : à tout le monde ? Il avait l'air indigné.

— Non, non. Mais tu le dis à ton père et moi je le dis au mien.

— Tu dois avoir une bonne raison pour penser ça ? questionna Pat.

Comme j'hésitais en cherchant mes mots, il poursuivit âprement :

— Est-ce que nous ne nous sommes pas mis d'accord pour ne rien dire à personne, de peur que les gens ne se précipitent sur l'île pour attraper les chevaux et les ramener ici ? Est-ce que nous n'avons pas décidé que l'île des Chevaux serait notre île, où personne d'autre n'irait jamais, excepté nous deux ?

— D'autres gens y vont déjà, en réalité, fis-je brutalement.

— Qui y va ? Qu'est-ce que tu as appris ?

— Je n'ai rien appris de neuf. Tout simplement, certains des chevaux avaient déjà été ferrés.

Il resta silencieux un si long moment que je finis par étendre le bras et le secouer doucement. Alors il soupira, en un pitoyable murmure :

— Oh, Danny, est-ce que ce n'est pas terrible d'être stupide comme je le suis ?... Quand as-tu remarqué ça ?

Je sentis qu'il était brûlé comme par un fer rouge à la pensée que le poulain ne lui appartenait pas, en fin de compte. Je répondis, d'un ton aussi dégagé que possible :

— Je l'ai à moitié remarqué quand nous sommes sortis de la cabane, le premier matin, et que nous avons vu les empreintes de sabots autour de nous. C'est-à-dire que j'ai seulement pensé qu'elles avaient quelque chose d'étrange, mais je ne pouvais dire quoi. Et puis, quand Derry Folan a fait la remarque, en bas, sur le quai, que le poulain n'avait jamais été ferré, ça m'est revenu aussitôt. Le poulain n'avait jamais été ferré, ça c'est vrai, mais certains autres l'avaient certainement été.

— Ça me dépasse ! s'exclama Pat, et nous sommes restés silencieux, à réfléchir, pendant un long moment.

Nous serions peut-être demeurés là jusqu'à l'aube, si nous n'avions pas été dérangés par des pas lourds sur le chemin qui descendait de la maison des Conroy. Comme je me tournais pour essayer de percer l'obscurité, nous avons entendu la voix de Mike Coffey, forte et joviale. Il nous avait vus sans la moindre difficulté.

— Ah, vous êtes là, bien sûr ! Les jeunes garçons ne s'intéressent pas à la danse.

Il sortit un vieux mouchoir à carreaux et l'étendit soigneusement sur l'herbe près de moi ; puis il s'assit dessus, avec raideur. Il s'efforçait si visiblement d'être amical que je me demandais à quel moment il allait sortir de sa poche quelque chose à nous vendre ! Il n'avait pu oublier si facilement le bon argent qu'il avait vu entre nos mains quelques heures auparavant.

Il s'adossa au talus d'herbe, les mains derrière la tête, espérant faire croire que c'était sa position favorite.

— Vous avez vraiment fait une excursion très réussie, tous les deux, dit-il d'un air admiratif. J'imagine que vos mamans ont dû être fières de vous, quand vous êtes rentrés...

« Il va en venir à l'argent, maintenant », me dis-je. Mais il continua :

— Dites-moi, est-ce que votre maman, à l'un ou à l'autre, vous a demandé où vous avez trouvé ce poulain ?

« Ainsi donc il veut acheter le poulain », pensai-je, tout en répliquant :

— La mienne me l'a demandé.

Pat restait tout à fait immobile à côté de moi, à tel point que je n'étais pas certain qu'il eût écouté. Mike reprit :

— Et qu'est-ce que tu lui as raconté ?

— Ce que nous vous avons dit, naturellement.

— Que vous l'avez trouvé qui nageait, dit Mike pensivement. C'était une bonne histoire. Rien ni personne pour vous contredire. Tout simplement, en train de nager... Mais, si vous vouliez qu'on vous croie, il aurait fallu mettre le poulain dans l'eau, qu'il soit mouillé, au moins !

— Il a eu tout le temps de sécher, répondis-je d'une voix plutôt faible.

— Ah ! Mais c'est que ça prend très longtemps pour qu'un cheval vraiment bien mouillé sèche. Et autre chose encore : ce serait rudement difficile pour deux gamins de sortir de l'eau même un petit poulain comme celui-là, sans parler de le faire entrer dans une barcasse. En vérité, je ne vois même pas comment on pourrait y arriver sans faire chavirer le bateau.

— Il était content de monter à bord. Il était fatigué de nager.

De l'autre côté, je sentais Pat qui me donnait

des coups de coude. J'ai pensé qu'il voulait m'empêcher de fournir trop de détails.

— Est-ce que tu veux me faire croire qu'il a grimpé à bord de lui-même ? demanda Mike, avec une surprise moqueuse.

— Je n'ai pas dit ça ! criai-je.

— Allons, allons ! Ne te mets pas en colère !

Il posa la main sur mon bras. C'est à peine si j'ai pu me retenir de la faire sauter d'un coup. Il la retira au bout d'un moment, et reprit : « Et où donc avez-vous trouvé les anguilles ? »

— Ça vous regarde ? questionnai-je grossièrement.

Nous aurions pu nous lever et partir en courant, bien sûr, mais, je ne sais pourquoi, l'idée ne nous en est pas venue. Je crois que nous étions retenus par la curiosité, nous voulions savoir ce que Mike avait encore à dire. Ma sortie ne l'avait pas troublé le moins du monde.

— Je m'intéresse aux anguilles, répondit-il, désinvolte. Les gars de Templebreedy sont justement allés en chercher hier, vers la pointe de Golam, et il n'y en avait pas la moindre là-bas.

J'en suis demeuré sans voix. La nouvelle de notre prise devait avoir déjà fait le tour de l'île. Il ne se passerait pas longtemps avant qu'un gars de Templebreedy vienne à parler anguilles avec mon père et finisse par mentionner qu'ils étaient revenus bredouilles de l'endroit précis où nous, nous avions fait notre pêche miraculeuse. Je faisais des vœux pour que Mike nous laisse, que je puisse retourner chez les Conroy, sortir mon père de ses cartes, et tout lui raconter.

J'en étais là de mes pensées quand nous avons entendu un gloussement haut perché, une sorte de hennissement, et voilà que le fils de Mike, Andy, caquetant et jacassant, est venu s'asseoir gauchement près de son père.

— Te voilà donc, père, te voilà donc. Tu as trouvé les garçons, tu les as trouvés, bien sûr, tu les as trouvés !

— Assieds-toi et avale ta langue, lui intima Mike d'un ton venimeux.

Andy exhala un petit gémissement tremblotant qui se cassa net comme si on l'avait brusquement étranglé. Je me demandai si Mike avait l'habitude de le frapper quand ils étaient seuls au large ? Andy se replia comme une araignée blessée et se tint coi.

— Je sais où vous êtes allés, vous comprenez ? nous dit Mike négligemment. Vous êtes allés à l'île des Chevaux.

Il y eut un long silence. Andy se redressa et scruta nos visages pour voir comment nous allions prendre ça. Son père le repoussa de côté d'une main vigoureuse. J'étais frappé de stupeur au point que j'en perdis l'usage de la parole ; je restai là, bouche ouverte pour répondre, mais aucun son ne s'en échappait. Mike devait être déçu que nous n'explosions pas en dénégations indignées. Néanmoins, il se mit à développer son point de vue comme si nous contestions chacun de ses arguments.

— Vous êtes partis deux jours pleins. Nous savons que vous n'êtes pas allés à la pointe de Golam, puisqu'il n'y a pas d'anguilles par là. Vous n'êtes pas allés non plus aux îles d'Aran. J'ai interrogé l'un des Hernon, de Inishmaan, et il m'a affirmé que vous n'aviez approché, peu ou prou, aucune des trois îles.

Je retrouvai ma voix pour contester amèrement :

— Cet Hernon, il a vraiment l'air très sûr de lui !

— Oui, et ce n'est pas sans raison, répondit Mike. Il était sorti pêcher avec son coracle, il y a deux jours, et il a vu la barcasse mettre le cap sur l'île des Chevaux. Il se faisait du souci pour votre sécurité, parce qu'il sait ce qui arrive à ceux qui s'aventurent par là. C'est ça qui l'a amené à Inishrone aujourd'hui : il voulait savoir si vous étiez enfin rentrés.

« Moi-même et Andy nous étions en bas, au bateau, en train de manger notre dîner, quand il est arrivé. J'ai tout de suite compris à son air que c'étaient pas ses affaires habituelles qui le conduisaient là. Quand il m'a raconté ça, je lui ai conseillé de rentrer chez lui bien tranquillement et de ne pas aller effrayer vos mamans. J'ai dit : "Faudrait un tas de fantômes espagnols pour faire peur à deux jeunes gars futés comme eux !" »

Pat s'agita un peu. Je savais qu'il pensait que nous devions être reconnaissants à Mike d'avoir empêché cet idiot de Hernon d'ameuter toute l'île, et peut-être de provoquer ainsi une expédition de recherche mobilisant tous les bateaux. Mike sentit que nos sentiments à son égard s'amélioraient un peu.

— J'aime que les jeunes s'amusent, dit-il généreusement. S'ils ne sont pas aventureux quand ils sont jeunes, les garçons ne peuvent pas s'endurcir et devenir des hommes. Pas vrai, Andy ?

Et il lui flanqua dans les côtes un coup de coude qui le fit bêler comme une chèvre malade.

— Mais il y a une différence entre être un peu aventureux et être casse-cou, poursuivit Mike avec solennité. Je vous connais depuis des années. Je ne serais pas votre ami si je ne vous donnais pas ce conseil : ne remettez jamais les pieds sur l'île des Chevaux !

— Et pourquoi pas ? questionna Pat d'un ton si naturel que l'avertissement de Mike semblait grotesque.

— Ah ! tu peux rire. Tu peux penser que c'est de la blague. Tu peux dire que tout ça, c'est des histoires de bonne femme. Mais pense seulement à ces hommes que vous connaissiez depuis votre enfance, des gars bien, qui sont allés comme vous à l'île des Chevaux — Patcheen Moloney, et Jerry Sullivan, et Morty O'Neill — tous des gars solides, et pas un seul d'entre eux n'en est revenu.

— Mais ils se sont noyés à la pêche, tous, protestai-je. Ils ont été pris dans des tempêtes, loin du port, Dieu ait leur âme...

— Amen, dit Mike, et Andy fit chorus en chevrotant plusieurs amen jusqu'à ce que son père le fasse taire d'une bourrade.

— Les gens ne voulaient pas vous effrayer, expliqua Mike. Mais vous êtes assez grands maintenant pour savoir la vérité.

Il baissa la voix : « Chacun d'eux s'en est allé, comme vous, à l'île des Chevaux, juste pour voir. Chacun y a passé une nuit, seul. Peut-être que c'est parce que vous étiez deux qu'il ne vous est rien arrivé. Aucun de ces hommes isolés n'est jamais revenu. »

— Qu'est-ce qui leur est arrivé ? demandai-je avidement, troublé par le sérieux de sa voix.

Mike attrapa mon bras et le serra très fort.

— Au milieu de la nuit, les fantômes espagnols sortaient au galop de la mer. Ils étaient furieux de trouver un homme sur leur île. Ils l'entouraient, les yeux menaçants, ouvrant comme pour parler des bouches creuses et muettes. L'homme se mettait à hurler, mais il n'y avait personne pour l'entendre. Ils le prenaient sur l'un de leurs chevaux et retournaient au galop vers la mer où ils s'engloutissaient avec lui, profond, toujours plus profond dans la mer, et c'est ainsi que l'homme était noyé.

J'en avais la chair de poule. Quel miracle que nous en ayons réchappé ! J'avais bien senti rôder sur l'île, autour de nous, ces fantômes malveillants. Alors, tandis que je frémissais d'horreur, j'entendis la voix froide de Pat :

— Et comment avez-vous appris cette histoire ?

Mike fut immédiatement sur ses pieds. Du coup, nous avons également bondi sur les nôtres, comme soulevés par la rage qui grondait en lui. Il ne haussa pas le ton.

— Très bien, en ce cas. À votre guise ! ricana-t-il. Faites ce qu'il vous plaît et vous verrez où ça vous mènera... Viens, Andy !

Et ils se mirent en route tous deux, par le chemin qui descendait vers Garavin. Andy gloussa encore une fois, puis se tut.

Nous avons écouté leurs pas décroître. Puis, Pat explosa :

— Je ne pouvais supporter ses balivernes une minute de plus. Lui et ses bons conseils ! Et tu l'as entendu essayer de faire croire que les fantômes espagnols sont pires que les Irlandais ou les Turcs ? Je les ai vus, ces fantômes espagnols, et c'étaient de paisibles et sympathiques petits gaillards !

À ces mots, l'assurance que je venais tout juste de retrouver m'abandonna de nouveau. Je n'osai pas questionner Pat. Il y avait quelque chose de terriblement convaincant dans sa façon désinvolte d'en parler comme de petits gaillards. Il faisait nuit noire maintenant, et il n'y avait ni lune ni étoiles.

Le faisceau du phare balayant le ciel à intervalles réguliers et les lumières brillant aux fenêtres des maisons autour de nous rendaient la nuit plus pleine encore d'ombres étranges, inexplicables. Les sons de la musique flottaient faiblement dans l'air jusqu'à nous. Tout à coup, je m'aperçus que l'air nocturne était froid.

— Ouais, je vais raconter chez moi que nous avons trouvé le poulain sur l'île des Chevaux, dit Pat comme nous reprenions le chemin de la maison. Et tu peux dire la même chose à ton père. À présent, je suis persuadé que les chevaux noirs, eux, sont sauvages. En dehors des fers, nous aurions dû voir tout de suite que les autres portaient des marques de harnais et avaient été passés à la tondeuse. Mais les noirs sont sauvages, ça c'est sûr.

— Et comment les autres sont-ils venus là ?

— Mike Coffey pourrait nous le dire, j'en jurerais, m'assura Pat. Il est plus que certain qu'ils n'y sont pas allés à la nage. C'est facile de comprendre pourquoi il a empêché le gars Hernon de raconter partout où nous étions partis. Je ne sais pas après quoi il en a, mais il n'a certainement pas envie de voir une flotte d'Inishrone mettre le cap sur l'île des Chevaux !

Levant les yeux sur la maison, nous avons aperçu la faible lueur d'une chandelle contre le store de la pièce derrière la cuisine.

— On dirait que la grand-mère est allée se coucher, constata Pat. Mais demain, quand la maison sera tranquille, je lui demanderai pour les chevaux sauvages.

Il fallait bien nous contenter de ça. Quand nous sommes arrivés à la maison, John Conroy était en train de chanter cet air si joli qui s'appelle « Maureen de Barra ». Jamais, de toute ma vie, une chanson n'a résonné avec autant de douceur à mes oreilles. Je me revois bondir dans la cuisine, hors de l'ombre hostile, comme un chat qui a marché sur des tuiles brûlantes, avec au moins sept fantômes cramponnés à mes basques...

CHAPITRE VI

OÙ NOUS ÉCOUTONS L'HISTOIRE DE LA GRAND-MÈRE ET VOGUONS VERS ROSSMORE

Je suis toujours bien plus sensé le matin que le soir. Le lendemain, tandis que nous étions attablés pour le petit déjeuner, je racontai à mon père et à ma mère que nous avions été à l'île des Chevaux et que c'était là que nous avions trouvé le poulain. Mon père était en train d'ouvrir son second œuf, et je me souviens que sa seule manifestation de surprise consista à le décapiter nettement d'un seul coup, comme si ç'avait été une tête de poisson.

— Je savais bien qu'il y avait quelque chose, dit ma mère calmement. Maintenant que tu as commencé, tu ferais aussi bien de nous raconter toute l'histoire.

Alors, je leur ai tout dit, notre débarquement sur l'île, et le toit pour la hutte, et les chevaux sauvages passant au galop près de nous dans la nuit. et puis, je leur ai raconté comment nous avions trouvé la Vallée secrète, et comment nous avions installé le poulain dans la barcasse et l'avions ramené à la maison.

— Oui, dit mon père, j'avais justement l'intention de te demander aujourd'hui comment vous vous étiez débrouillés pour le tirer de l'eau et le faire monter dans le bateau.

Il m'observait d'un air moqueur sous ses gros sourcils. Ma mère me demanda :

— Et pourquoi donc ne nous avez-vous pas dit que vous aviez l'intention d'aller là-bas ?

— Ça faisait presque une heure que nous étions en mer quand l'idée nous en est venue.

— Je parie que Pat Conroy y avait pensé avant que vous partiez, fit ma mère, un peu sèchement.

— Et là-haut chez les Conroy, ils sont probablement en train de dire que sans Danny Mac Donagh, il n'y aurait pas eu d'histoire, fit mon père. De toute façon, que ce soit l'un ou l'autre qui en ait eu l'idée, il n'est rien arrivé de mal.

Il siffla doucement : « Et vous avez couvert la hutte, bien gentiment, bien confortablement, et vous avez rôti vos patates sous la cendre... »

Il jeta un coup d'œil à ma mère et acheva : « Tu veux que je te dise quelque chose, m'dame, on a fini de l'élever ! »

— Ma foi, il ne mourra jamais de faim, s'il en est ainsi ! fut son seul commentaire.

Je leur décrivis la Vallée secrète, et comment nous avions pu y pénétrer et en sortir quand la marée était basse.

— Donc, le poulain appartient vraiment à Pat, dit mon père. Ceux de sa famille ont été les derniers à vivre sur l'île des Chevaux. Une bonne île, même si c'était un peu dur en hiver. On ne peut pas avoir l'été toute l'année ! Je ne comprendrai jamais d'où lui est venue cette mauvaise réputation.

— Pourquoi ne nous as-tu pas raconté tout ça hier soir ? interrogea ma mère.

Elle était vraiment très fine. Elle voyait les failles d'une histoire mieux que personne au monde. J'expliquai, tourné vers mon père :

— J'ai essayé de te sortir de tes cartes, hier soir, mais tu n'as pas voulu venir.

Du coup, il eut l'air un peu gêné, et ma mère coupa rapidement :

— Pourquoi ne nous l'as-tu pas dit quand tu es arrivé à l'appontement ?

— Nous ne voulions pas que tout le monde aille sur l'île et attrape les chevaux. Si vous les aviez vus là-bas, fougueux et libres dans leur petite vallée, vous auriez fait pareil. Pat m'a dit de vous demander de n'en parler à personne.

— Est-ce qu'il en parle à sa famille ? dit vivement mon père.

— Oui, mais il va leur demander de ne rien dire à personne non plus.

— Ça sera bien difficile de garder un secret de

cette taille, reprit mon père en hochant la tête. Et ce qui est pire, les gens vont en rajouter. La prochaine que vous entendrez, c'est qu'il y avait cinquante chevaux de course sur l'île, harnachés par les fées, peut-être, pour vous emporter au Pays de Jouvence ! Le meilleur conseil que je puisse te donner, c'est de raconter exactement ce que tu as vu, et vite ! De cette façon, vous éviterez un tas d'ennuis.

— Quels ennuis peut-on avoir ? En tout cas, nous n'avons pas besoin de le raconter aujourd'hui. D'ailleurs, le poulain ne va pas rester longtemps ici, car Pat a l'intention de le donner à John, pour qu'il en fasse cadeau au vieux Stephen Costelloe.

Mon père et ma mère furent tous deux enchantés de cette idée. Mon père n'arrêtait pas de répéter que la vue du poulain empêcherait une fois pour toutes Stephen Costelloe de parler de ces pauvres insulaires sans sou ni maille. Le premier venu, même borgne, pouvait se rendre compte que le poulain valait une fortune, disait-il. Il jubilait tellement qu'il en oublia totalement ses doutes quant à la sagesse de cacher les origines du poulain. Inutile de préciser que je ne les lui rappelai pas...

Je choisis ce moment propice pour demander la permission d'aller ce matin-là à Rossmore avec Pat et John et le poulain, dans la vieille baille des Conroy. Mes parents me poussèrent dehors en vitesse, de peur que je ne sois en retard. Mon père se lamentait amèrement de ne pouvoir nous accompagner. Ils me firent promettre d'observer la moindre expression du visage de Stephen quand il jetterait son premier coup d'œil sur le poulain, pour pouvoir la leur décrire plus tard.

Arrivé chez les Conroy, je m'aperçus que l'histoire de Pat avait été accueillie comme la mienne. Personne n'avait douté un seul instant que le poulain fût sauvage, ni qu'il fût impossible d'en disputer la possession à Pat puisque ses ancêtres avaient été les propriétaires de ceux du poulain. Ensuite, l'idée que le poulain serait offert au vieux Stephen Costelloe avait tellement réjoui John et son père que tout le reste leur était sorti de la tête. La mère de Pat avait bien dit qu'elle aurait préféré que John pût garder le poulain pour lui-même, mais elle avait convenu que ce serait moins efficace que de le donner au vieil homme.

— Pour sûr, le vieux Stephen sera trop occupé avec le poulain pour se souvenir de Barbara !

Pat me raconta tout ça avant que nous entrions dans la cuisine. Il n'y avait personne à l'intérieur, excepté sa grand-mère. Elle était assise dans son coin habituel près des chenets, et je fus surpris de la voir tirer sur sa pipe en terre d'un air plutôt préoccupé. Elle sortit la pipe de sa bouche à notre entrée et nous dit doucement :

— Fermez la porte, mes petits gars, et venez tout près de moi. Ta mère est allée donner à manger aux cochons, elle restera dehors un moment, je pense.

Nous avons fait ce qu'on nous demandait. Elle nous dit de tirer deux tabourets à ses pieds, et nous nous sommes retrouvés tous trois blottis près de l'âtre. Elle a encore jeté un coup d'œil inquiet vers la porte avant d'attaquer :

— Maintenant, racontez-moi tout. Est-ce que c'est réellement vrai que vous avez trouvé le poulain à l'île des Chevaux ?

— Oui, c'est la vérité vraie, assura Pat, exactement comme je l'ai dit.

— Vous l'avez trouvé dans la Vallée secrète ?

Elle insistait avec passion, tout en nous scrutant attentivement.

— Pourquoi vas-tu douter de notre parole maintenant ? demanda Pat, et sa voix laissait percer une certaine impatience. Au début, nous avons dit que nous l'avions trouvé en train de nager. D'accord, ça ce n'était pas vrai. Mais ensuite nous avons raconté l'histoire exacte, c'est-à-dire que nous l'avons trouvé sur l'île des Chevaux.

— Ne te fâche pas contre moi, voyons, mon petit.

Elle étendit une main qui ressemblait à une serre et tira sur la manche de son chandail comme font les enfants. J'ai pu voir alors qu'elle avait les larmes aux yeux. Pourtant, son expression n'était pas triste, mais plutôt triomphante, ou victorieuse. Elle se reprit et s'assit très droite. L'espace d'une étonnante seconde, je vis rayonner son ancienne beauté, perdue maintenant depuis tant et tant d'années. Nous en sommes restés sans voix tous les deux. Puis elle reprit :

— Souvent, bien souvent, je vous ai raconté notre vie sur l'île des Chevaux, et comment à la fin nous avons dû la quitter, quand les hommes ont refusé d'y vivre un jour de plus. Elle était trop rude et trop froide, disaient-ils. C'était une île implacable. Aucun être vivant ne pouvait la supporter. Mais moi, je savais que ce n'était pas vrai. Ils n'ont pas voulu m'écouter quand j'ai essayé de discuter avec eux.

« Et c'est comme ça qu'un jour nous avons tout sorti des maisons pour le descendre à l'embarcadère : les tables de cuisine, et les buffets, et les lits et les coffres à linge. Oh, c'était un triste, un bien triste spectacle ! Je vous l'ai souvent raconté. Les gens d'Inishrone sont venus avec leurs bateaux, parce que les nôtres étaient tout démolis après cet affreux hiver. Nous y avons mis les meubles, et puis les moutons et le bétail et les chevaux ont été entassés dans les plus grands bateaux.

« Quand tout a été embarqué, notre étalon noir et la pouliche manquaient. Les bateaux étaient si lourdement chargés qu'ils devaient se mettre en route à mi-marée. Sinon, il leur faudrait attendre jusqu'à la prochaine. Les hommes avaient si grande hâte d'être loin de l'île qu'ils n'ont pas voulu attendre.

Ils ont parlé de revenir le lendemain pour chercher les chevaux, mais ils ne l'ont jamais fait.

— Et où étaient donc les chevaux ? demanda Pat, comme elle s'arrêtait.

— Je le savais, où ils étaient...

Elle eut son petit rire de crécelle : « J'étais la seule à le savoir. Pendant que tout le monde était occupé avec les meubles, les moutons et le bétail, j'ai pris notre pouliche et l'étalon noir et je les ai conduits en bas, dans la Vallée secrète, par un chemin que je connaissais. Vous comprenez, les hommes les avaient emmenés de la vallée à marée basse ; le seul moyen de les y ramener était de descendre par la falaise. Ça m'a pris du temps. J'ai été de retour aux bateaux juste à point pour qu'on ne m'oublie pas avec eux. »

Elle s'arrêta de nouveau, et cette fois nous n'avions plus rien à dire. Nous imaginions tous deux cette jeune fille farouche, volontaire, dévalant les pentes avec les deux chevaux. Et puis, elle a poussé un long soupir de contentement, et elle a enchaîné :

— Je savais que ce n'était pas pour rien que notre île s'appelait l'île des Chevaux. Je savais que nos chevaux ne mourraient pas. Souvent, si souvent, j'ai eu envie de retourner là-bas pour les revoir. Mais bien sûr, une femme ne peut pas faire toute seule une chose pareille. Mon mari, John Conroy, m'aurait bien emmenée, mais à cette époque-là les gens auraient trouvé drôle qu'une toute jeune mariée s'en aille faire une virée en bateau.

Elle nous lança un clin d'œil : « Je trouvais déjà assez difficile d'avoir l'air bien raisonnable et tranquille, comme toutes les autres femmes, avec le cœur et l'âme qui me brûlaient pour mon île à moi. Mais tout ça c'est du passé, désormais. J'ai quatre-vingt-un ans maintenant, et je peux faire ce que je veux. Je vais partir avec vous pour l'île des Chevaux. »

Les protestations de Pat s'éteignirent sous son regard décidé. Elle était assez vieille pour avoir du bon sens, comme elle nous le fit observer ensuite, en ajoutant que si quelque chose lui arrivait, ça n'aurait pas grande importance. Finalement, pour clore la discussion, elle demanda :

— Est-ce que vous croyez que j'ai l'intention de descendre au tombeau sans avoir jamais revu l'île des Chevaux ? Si vous ne voulez pas m'y emmener, je sortirai la barcasse et j'irai sans vous !

— Ça ne sera pas la peine, fit Pat d'une voix apaisante, car à cet instant elle semblait parfaitement capable de tenter l'aventure.

Elle nous laissa partir ensuite vers l'appontement où John et son père devaient tenir prête la barge des Conroy.

Le poulain était en train de pâturer tranquillement dans un champ à quelque distance de la maison. Quand nous nous sommes arrêtés à la barrière pour le regarder, il est arrivé en bondissant vers nous, jambes volant dans toutes les directions, crinière et queue flottant au vent. La vieille jument qui lui tenait compagnie leva la tête avec lenteur pour observer ses cabrioles. Pat flatta l'encolure du poulain et lui gratta le front un moment, avant d'ouvrir la barrière pour le conduire sur la route.

— Il est bien apprivoisé, dis-je d'un ton hésitant, en regardant Pat faire glisser le licou par-dessus les oreilles du poulain.

— Je sais, répondit Pat. J'y ai pensé toute la nuit. Et rappelle-toi comme il a descendu les marches pour monter dans la barcasse.

— Oui, je me rappelle... Et sa façon de courir vers toi maintenant.

— Je suis venu le voir ce matin très tôt, avec un seau de lait, expliqua Pat. Mais tout de même, nous ne serons jamais tout à fait sûrs à son sujet, jusqu'à ce que nous découvrions comment les autres chevaux sont arrivés sur l'île.

Il termina sa phrase d'une voix basse et précipitée, comme s'il avait honte de douter encore après avoir entendu l'histoire de sa grand-mère. Nous avons marché un petit moment, le poulain entre nous ; puis, Pat reprit, avec un petit haussement d'épaules :

— Je sais qu'il m'appartient. Je le sens. Et il le sait aussi. Ça me fait mal jusqu'aux moelles de devoir le céder. Mais je suppose qu'un bon chrétien est plus important qu'un cheval, acheva-t-il d'un air désolé.

C'est alors que je dis ce que j'avais en tête

depuis que je savais que l'on donnerait effectivement ce poulain à Stephen Costelloe.

— Il y avait aussi une pouliche noire dans la vallée...

— Je l'ai vue, répondit Pat avec douceur.

— On peut faire un voyage de plus à l'île des Chevaux, repris-je. De toute façon, nous avons promis à ta grand-mère de l'y emmener.

— Oui, c'est vrai, nous l'avons promis, dit Pat.

Dès lors ce fut comme si une petite lampe s'allumait en moi, à la pensée de retourner à l'île des Chevaux. Il était évident que Pat reportait déjà son affection du poulain à la pouliche qui bientôt lui appartiendrait. Pour la première fois, il donna une petite secousse au licou du poulain, presque comme il l'aurait fait avec n'importe quel animal domestique, et le força à avancer un peu plus vite.

Bien que la journée fût claire, le ciel était parsemé de gros nuages blancs frangés de gris. Quand nous sommes arrivés au quai, le cri des mouettes jouant dans le fort vent d'ouest emplissait l'air. Nous avons vu que John et Bartley Conroy avaient hissé la grand-voile qui claquait contre le mât, et qu'ils étaient tout prêts à prendre la mer. Encore à l'abri dans le port, la barge roulait déjà désagréablement.

Bien entendu, un petit groupe s'était amassé pour nous regarder partir. Le capitaine hollandais était là, silencieusement assis sur une borne d'amarrage, clignant des yeux dans le soleil comme un gros chat aimable. Matt Faherty était là lui aussi. Il ne manquait jamais un spectacle de ce genre. Derry Folan avait quitté sa forge en vitesse, entraînant le robuste cheval blanc qu'il s'était arrêté de ferrer en apprenant qu'il se passait quelque chose au quai. Le propriétaire du cheval, Tim Corkery, avait bien été obligé de le suivre, quoique d'après son expression, il eût certainement préféré retourner à son travail. Mais le plus stupéfiant était que la plus âgée des demoiselles Doyle, de la poste, s'échappant de sa petite cage de cuivre, avait trottiné jusqu'au quai. Elle était petite, ratatinée, voûtée, et se recroquevillait dans son manteau de ville comme si elle détestait l'air frais plus que tout au monde. Elle et sa sœur étaient étrangères à Galway, et les gens prétendaient qu'elles s'imaginaient être un peu au-dessus de nous autres. Elles étaient toujours de mauvaise humeur.

Plus d'une fois je m'étais dit que c'était probablement la solitude qui ne leur convenait pas, mais qu'elles étaient trop fières pour le montrer. Peu de gens leur rendaient visite, parce qu'il fallait frapper à leur porte et attendre qu'on vous introduise, au lieu d'entrer tout droit dans la cuisine comme on le faisait dans n'importe quelle autre maison. Pourtant, le capitaine hollandais y passait une soirée de temps à autre, de la même façon qu'il se présentait dans toutes les familles de l'île, à tour de rôle. Ma mère y allait quelquefois aussi, et leur apportait des œufs frais et du beurre en hiver, quand ces denrées devenaient rares. C'est peut-être pour cela que l'aînée des demoiselles Doyle avait pris le risque d'être emportée par le vent pour nous voir embarquer.

Dès qu'il vit Mlle Doyle, le capitaine hollandais se leva et lui céda sa place sur la borne. Elle s'y assit comme une reine, tandis que nous faisions parader le poulain rien que pour elle. Elle nous gratifia, pour tout remerciement, d'un discret et froid signe de tête.

— Il y a un orage qui se prépare, nous cria John avec entrain quand nous avons regardé vers le bateau. Mais je parierais qu'il n'éclatera pas avant le soir. Amenez le petit gars là-dedans, et on lève l'ancre.

Nous avons aidé le poulain à descendre doucement les marches. Il ne semblait pas du tout contrarié d'avoir à faire une nouvelle traversée si peu de temps après la première. Les spectateurs s'agglutinèrent à l'extrême bord du quai pour le voir monter sur le gaillard d'avant, puis sauter avec légèreté plus bas, sur la paille qu'on avait disposée pour lui.

— C'est vraiment une beauté ! brailla Matt Faherty dans le vent. Faites bien attention à lui, maintenant, vous autres !

— Y a des chances, mon vieux ! cria Bartley en réponse.

Un moment plus tard, nous glissions hors du port. En jetant un coup d'œil en arrière, j'ai vu Matt, mains aux genoux, qui nous scrutait du regard. Alors seulement je me suis aperçu que la barge de Mike Coffey n'était plus à l'appontement.

Bartley voulait remonter des casiers à homards à l'extrémité du banc rocheux qui forme l'autre côté du port. Me souvenant que le poulain avait bien mal pris ma pêche au poisson de roche, je lui ai conseillé d'attendre le voyage de retour. Et nous avons donc fait route droit vers le continent.

Notre côte est rocheuse et accidentée. Partout des récifs, que nous appelons « ross », pointent comme des doigts hors de l'eau. Dès qu'il s'y accroche un peu de terre, des fermes et des villages s'y élèvent. Le plus grand d'entre eux est Rossmore, et tout au bout de Rossmore il y a la maison de Stephen Costelloe.

C'est une jolie maison, grande, avec deux étages et un toit d'ardoise. Le magasin est une pièce profonde et froide, construite à un bout de la maison. Il y avait des arbres tout autour pour l'abriter, mais à mi-chemin d'Inishrone nous pouvions déjà voir étinceler ses murs blancs. Ce n'était pas une longue traversée, surtout avec la mer de l'arrière et le puissant vent d'ouest. Le poulain semblait plus satisfait cette fois-ci. Peut-être préférait-il ce bateau plus grand.

— Maintenant, il va vouloir qu'on l'emmène en excursion chaque jour, plaisanta Pat.

— Il fera mieux de se sortir ça du crâne, répondit Bartley. Nous allons le laisser chez Corny O'Shea jusqu'au mariage, et ensuite nous le donnerons à

Stephen. Il n'y aura plus pour lui, désormais, que la terre ferme !

Corny O'Shea était un cousin de Bartley qui vivait à Rossmore, non loin de chez Stephen Costelloe.

Le vent nous poussa jusqu'à l'appontement. Un ou deux hommes de Rossmore étaient en train de charger leurs bateaux de tourbe, et ils nous aidèrent à nous amarrer au quai. Ils le firent en silence, presque sans un mot, parce qu'à cette époque il n'y avait pas d'amitié de reste entre les îliens et ceux du continent. Il y avait une vieille, très vieille histoire là-derrière. Le sang des gens se mettait à bouillir chaque fois qu'ils y pensaient, mais pourtant j'ai toujours estimé que la vraie raison était que nous devions acheter notre tourbe aux continentaux, car on n'en trouve pas sur les îles. Et naturellement, nous détestions voir partir notre bel argent en fumée dans nos cheminées !

Au fur et à mesure que le temps passa, bien d'autres raisons, découlant de la première, vinrent alimenter la querelle. Nous nous moquions des hommes des bateaux de tourbe parce qu'ils ne possédaient pas de terre. Nous les traitions de « badoirs », ce qui veut simplement dire batelier. Mais si vous entendiez de quelle façon un homme d'Inishrone prononce ce simple mot, vous réaliseriez quelle mortelle insulte il peut représenter. En retour, l'injure la plus affreuse que nous lançaient les continentaux tenait dans les deux mots « cosa bo », signifiant

« pieds de vache » ! Ils s'appliquaient à ces merveilleux brodequins, faits de cuir cru avec le poil, que portent tous les îliens. Si nous voulions vaquer à nos occupations quotidiennes en bottes de cuir souple, au bout de très peu de temps notre île ne serait plus habitée que par des boiteux. Nos godillots sont les seuls à pouvoir tenir le coup dans les rochers ; en outre, ils ont le grand avantage de ne pas faire passer d'argent dans les poches des boutiquiers.

Donc, nous n'avons rien donné de plus aux « badoirs » qu'un simple mot bien sec pour les remercier de leur aide, et nous avons débarqué le poulain. Il causa à peu près autant de sensation que si nous avions négligemment transporté un éléphant avec nous. En fait, ce fut à ce moment, tandis que nous remontions le quai avec lui, que je réalisai quel magnifique animal c'était. Les bateliers le suivaient d'un regard fixe comme s'ils n'avaient jamais rien vu de pareil de toute leur vie. Ni John ni Bartley Conroy ne voulaient se retourner, mais moi j'osai. Ils restaient là, en un petit groupe compact, la bouche grande ouverte, le visage rayonnant d'une admiration et d'un ravissement qu'ils ne pouvaient dissimuler.

Au lieu de me faire plaisir, ce tableau fit naître en moi le premier véritable sentiment de peur quant aux conséquences de notre expédition à l'île des Chevaux. Je détournai lentement la tête, et suivis les Conroy jusqu'à la maison de Stephen Costelloe.

CHAPITRE VII

OÙ NOUS ALLONS CHEZ STEPHEN COSTELLOE

La maison était un peu en retrait de la route, une grande cour sablée s'étendait devant elle. À l'extrémité où se trouvait le magasin, plusieurs chevaux avec leurs carrioles attendaient leurs propriétaires. Il y avait aussi quatre chevaux de selle, attachés à un poteau, se racontant silencieusement des histoires comme le font toujours les chevaux. Ceux-ci appartenaient à des montagnards venus de l'autre côté de Rossmore, et qui s'embarrassaient rarement de charrettes quand ils pouvaient faire autrement.

En entendant le poulain approcher, tous les chevaux dressèrent l'oreille et se déplacèrent légèrement pour l'observer. Puis ils hennirent très doucement, comme s'ils étaient trop surpris même pour faire du bruit. Cependant, nous avons aussitôt entendu, par la porte ouverte de la boutique, un frottement de pas traînants. De son petit trot alerte, le poulain a contourné la bâtisse avec nous jusqu'à la grande cour de derrière. C'était une cour fermée, pavée de galets, avec des remises, des étables et des boxes tout autour. Quelques poules blanches ensommeillées picoraient entre les pierres sous le soleil tamisé. À l'autre bout, s'ouvrait la porte de la cuisine, et c'est par là que nous avons pénétré dans la maison.

La cuisine de Stephen Costelloe est la plus belle que j'aie jamais vue. Aussi vaste qu'une grange, elle possédait une cheminée largement ouverte, assez grande pour abriter toute une troupe de musiciens. Peut-être avait-elle été faite dans cette intention, car il y avait même une petite banquette de pierre de chaque côté du foyer, scellée contre son mur arrière. Malheureusement, on n'y donnait pratiquement aucune soirée dansante, à moins que Stephen ne fût parti à Galway pour une foire, ce qui n'arrivait pas très souvent. Pourtant, on disait qu'un voyageur était toujours sûr de trouver un lit pour la nuit, mais c'était probablement le fait de Mme Costelloe. Elle était aussi aimable que son mari était revêche. Sa fille Barbara tenait d'elle, comme tout un chacun pouvait le constater.

Il y avait un splendide mobilier dans cette cuisine. Le vaisselier était vitré pour que les tasses et les assiettes qui y étaient rangées ne prennent pas la poussière. Les portes du bas étaient en bois sculpté représentant tout ce que l'on peut trouver dans la mer — coquillages, algues et poissons, et tout en bas une petite sirène dodue, avec une courte queue, étendue dans un filet. Il y avait une longue table étroite, bien astiquée, avec des pieds également sculptés qui se terminaient en griffes. Les sièges étaient tous à accoudoirs, et il y en avait même un rembourré, recouvert de cuir vert, dans lequel personne n'osait s'asseoir excepté le vieux Stephen en personne.

Il n'était pas là quand nous avons jeté un coup d'œil par la porte. John laissa échapper un bref soupir de soulagement en voyant qu'il n'y avait là que Barbara et sa mère, et Kate Faherty, une femme d'Inishrone qui aidait aux travaux ménagers chez les Costelloe.

Dès qu'elle nous aperçut, Kate alla rapidement fermer la porte qui donnait dans la boutique. Je m'approchai du feu pour bavarder avec elle, pendant que les Conroy expliquaient à Mme Costelloe et à Barbara ce qui nous amenait. Barbara était une fille au teint très clair, aux cheveux châtains souplement ondulés. Il émanait d'elle beaucoup de chaleur et de cordialité, et l'on songeait tout de suite, en les voyant ensemble, qu'elle serait tout le portrait de sa mère quand elle aurait pris de l'âge.

Ils se sont tous assis autour de la table, et John leur a parlé à voix basse du poulain qu'il avait apporté en présent pour Stephen. Mme Costelloe laissa échapper un petit rire à cette idée. Elle le réprima aussitôt et ils sortirent tous pour examiner le poulain. Un peu plus tard, Pat revint et ouvrit la porte donnant dans la boutique. Il s'arrêta sur le seuil un instant, regardant autour de lui, puis il entra. J'ai dû me contraindre à reporter mon regard sur Kate qui me demandait des nouvelles des gens d'Inishrone. Elle vit bien que j'avais l'esprit ailleurs en lui répondant mais n'en continua pas moins à m'interroger comme pour me signifier que ce qui se passait à côté ne nous concernait pas. Et elle garda les yeux fixés sur moi, même lorsque Pat traversa de nouveau la cuisine, presque au pas de course, suivi par le vieux Stephen en personne. Ils sont sortis dans la cour, mais avant même qu'ils aient passé la porte de derrière, Kate et moi étions sur nos pieds sans un mot et nous les avons suivis.

La scène a été exactement telle que nous avions pu la souhaiter. Il y avait là le poulain, avec Pat qui tenait son licou comme s'ils étaient à un concours, et Stephen qui tournait et retournait autour d'eux. Stephen était petit, mais carré, trapu et large d'épaules. Je ne mentirai pas en disant que je l'ai à peine reconnu : ses petits yeux habituellement ternes brillaient d'une lumière que je n'y avais jamais vue auparavant. Barbara et sa mère se tenaient un peu en retrait, côte à côte, et l'observaient. John Conroy et son père étaient debout près de la porte. Stephen tendit la main et effleura le cou du poulain. À ce moment, John se retourna brusquement et m'aperçut. Il traversa la cour et reprit le licou des mains de Pat, tout en lui tendant un shilling.

— Filez au magasin, tous les deux, et achetez-vous des bonbons. Nous avons à parler un moment.

Stephen nous suivit d'un regard bienveillant, tandis que Pat me rejoignait à la porte. Juste comme nous allions entrer, il dit :

— Kate, dis à Tom de leur donner un bâton de sucre d'orge...

— Oui, monsieur ! murmura-t-elle.

— Je veux dire un pour eux deux, bien sûr, reprit-il précipitamment, comme elle pénétrait à l'intérieur.

Sur le seuil du magasin, elle s'arrêta et nous fit un clin d'œil.

— Je n'ai pas entendu ce qu'il a dit en dernier. Et vous ?

— Moi non plus, dit Pat avec sérieux. Je n'ai absolument rien entendu...

Du côté opposé à la porte de la cuisine, nous nous sommes trouvés derrière un haut comptoir. Devant nous, il y avait des bouteilles et des bocaux de sucreries. Kate tendit le bras et attrapa un bocal de sucres d'orge, l'ouvrit et en sortit un bâton pour chacun de nous. Nous les avons rapidement fourrés dans nos poches, car les hommes qui buvaient leur bière à l'autre bout du comptoir s'étaient mis à rire en voyant ce que faisait Kate. Le petit rouquin à l'air de fouine qui remplissait leurs verres se précipita vers nous d'un air soupçonneux.

— Kate Faherty, est-ce que vous avez perdu

l'esprit ? Est-ce que vous voulez nous faire tous jeter en prison ? siffla-t-il, hargneux.

— Quelle sottise, mon brave ! répondit Kate d'un ton superbe. Savez-vous qu'il m'a dit lui-même qu'ils méritaient un bâton de sucre d'orge après le si joli présent qu'ils lui ont apporté d'Inishrone !

— Il a vraiment dit qu'il fallait leur en donner ?

L'homme à tête de belette nous considéra avec respect. Puis, de nouveau méfiant, il interrogea :

— Quel cadeau, d'abord ?

— Un bébé poulain pas beaucoup plus grand qu'un âne, qui pour moi ne ressemble à aucun des chevaux que j'ai vus jusqu'à présent. Mais, pour sûr, je ne suis qu'une pauvre vieille femme ignorante, et peut-être qu'il n'a rien de bien, après tout !

Le temps qu'elle finisse ce discours, tous les hommes avaient reposé sans un mot leur verre sur le comptoir et sortaient du magasin. Ils étaient sept ou huit, et nous les avons regardés défiler posément devant la fenêtre et se diriger vers la cour pour inspecter le poulain.

Resté seul avec nous et Kate, Tom le fureteur, tout agité, se démenait derrière le comptoir. Il avait envie de sortir examiner le poulain et, en même temps, il avait peur de quitter la boutique, au cas où un client se présenterait. Avant qu'il n'ait pris une décision, les hommes ont commencé à revenir. Chacun saisit son verre et lampa une grande gorgée d'assoiffé.

— Alors, les gars ? leur lança impatiemment Kate. Qu'est-ce que vous en pensez ?

Celui qui était le plus près était un colosse à la peau foncée, vêtu d'une veste de peau. Pour moi c'était un étranger. Il secoua la tête tristement en répondant :

— Plus jamais je ne pourrai dormir en paix à la pensée de ce poulain...

Tous les autres firent chorus avec lui. Kate souleva l'abattant du comptoir pour nous laisser passer dans la boutique. Je me suis dit que Tom devait être bien content de ne plus nous voir si près de ses précieux bocaux de bonbons !

— Et dire que Stephen Costelloe va être le propriétaire de ce poulain ! soupirait l'homme à la veste de peau. Rien que cette idée pousserait un saint à battre son père...

— Bien sûr, est-ce qu'il ne possède pas tout ce qu'il y a de mieux dans les parages ? reprit un autre, qu'ils appelaient Colman.

Kate retourna alors dans la cuisine, annonçant qu'elle avait à préparer le dîner. Nous étions allés nous asseoir sur un banc près de la porte, en grignotant notre sucre d'orge. À présent, les regards de tous les hommes se tournaient vers nous. Ils étaient calmes et pensifs, mais pas hostiles, exception faite de Tom, le garçon de magasin. Il avait une expression désagréable, pleine de sous-entendus, et pourtant je ne voyais absolument pas ce qu'il pouvait avoir contre nous.

— C'est vous qui avez amené le poulain, je pense ? dit l'homme à la veste de peau.

— C'est nous, oui, répondit Pat.

— C'est une belle bête, fit à son tour Colman.

— Pour ça oui ! dit Pat.

— Il a été élevé sur l'île ?

— Oui.

— Je n'ai jamais vu un poulain comme ça provenir de l'île jusqu'à présent, déclara le colosse.

— Il y en a pourtant, ma foi ! assura Pat.

Le silence se fit de nouveau. Tom passa et remplit tous les verres. Traversant la porte de la cuisine, on entendait un murmure de voix. Je me doutai que les Conroy et les Costelloe étaient rentrés pour parler mariage. Rien d'étonnant si Stephen, avec toutes ses richesses, n'en était pas ravi. Un simple coup d'œil autour de la boutique permettait de constater que son propriétaire dépassait de cent coudées tous les gens de notre île. Le stock était si important que, même dans cette pièce immense, il n'y avait pas assez de place pour tout ranger. Des sacs et des boîtes de conserve s'empilaient sur les rayons, ainsi que des pièces de tissu pour confectionner robes et costumes. Il y avait des tonneaux de bière sur le plancher derrière le comptoir, et des sacs ouverts, contenant du son, de la farine et de l'avoine, s'alignaient devant. Au-dessus de nos têtes étaient suspendus au plafond des jambons entiers, et des filets de pêche, des harnais et des outils de ferme, liés par paquets. Il y avait aussi des rouleaux de cordages, et une grosse balle de toile à voile tassée dans un filet.

Le gros homme reprit, au bout d'un moment, comme s'il se parlait à lui-même :

— Puisque Stephen reçoit ce poulain en cadeau, j'imagine qu'il aura désormais un peu plus de considération pour les gens de l'île !

— Ah ! firent les autres, et d'un seul geste ils attrapèrent leurs verres et burent un grand coup.

En nous observant attentivement, ils comprirent que c'était bien pour cette raison que nous avions amené le poulain. Du coup, ils devinrent plus loquaces et plus détendus. Nous étions contents de ne plus être traités avec défiance, et nous avons peu à peu abandonné l'attitude raide et froide qu'on nous avait appris à adopter envers les hommes de Rossmore depuis notre plus tendre enfance. Brusquement, je me suis senti honteux parce que je ne me souvenais pas d'avoir fait le moindre effort pour me lier d'amitié avec eux. En fait, Pat et moi avions certainement versé de l'huile sur le feu. Nous avions souvent accueilli à coups de pierres les garçons de Rossmore quand ils venaient avec leur père sur les bateaux de tourbe, et nous avions aussi l'habitude de nous faufiler à bord quand ils étaient amarrés chez nous et de libérer les homards des casiers pour qu'ils pincent les pieds nus des garçons à leur retour. En ce lieu et à cette minute, je pris la résolution de ne jamais plus m'adonner à ces distractions. Et comme maint pécheur repentant, je me dis que mon existence allait être bien plus monotone sans mes forfaits...

Pendant ce temps, l'esprit des hommes de Rossmore avait dû suivre le même chemin, car ils se mirent justement à parler du conflit. Bien sûr, ils ne disaient pas conflit, ils parlaient de mauvaise entente, de froideur. Il semble qu'après la grande révolte de 1798, un prêtre nommé le père Mannion avait pris le maquis, comme on dit, dans le voisinage de Rossmore. Il passait généralement une nuit ou deux dans chaque maison, et les gens tenaient pour un grand honneur de descendre de ceux qui l'avaient hébergé. Quand il sentit que sa piste devenait trop chaude, il résolut d'aller à Inishrone ; mais là, juste sur le quai de Rossmore, les soldats le rattrapèrent et pour lui ce fut la fin. On a composé à son sujet une belle ballade, qui arracherait des larmes à un rocher.

Il y a cent cinquante ans que le pauvre homme a rendu le dernier soupir. Mais s'il savait combien il y a eu, depuis, de têtes fendues et de couteaux tirés, je vous jure qu'il ne reposerait pas en paix dans sa tombe. Tout cela parce que les gens de Rossmore ont accusé les gens d'Inishrone d'avoir indiqué aux soldats où ils pourraient trouver le prêtre, tant ils craignaient sa présence sur l'île. D'autre part, les gens d'Inishrone, eux, affirmaient que le prêtre avait été trahi par les gens de Rossmore, furieux qu'il les abandonne pour aller sur l'île...

Et voilà qu'à notre grand étonnement, nous entendions maintenant les hommes déclarer qu'il était probable que personne ne l'avait trahi, mais que les soldats devaient finir à la longue par le capturer. Ils disaient que c'était terrible de voir comment la discorde pouvait s'installer entre voisins pour de vieilles histoires qui auraient dû être oubliées depuis longtemps. Nous n'osions pas nous regarder, Pat et moi, de peur de manifester trop ouvertement notre surprise et de tout gâcher. Ce que je ne pus comprendre, au début, c'est pourquoi ils étaient si contents que l'on eût fait cadeau du poulain à Stephen Costelloe. Ils avaient beau boire sa bière, ils n'aimaient pas Stephen. Et je me rendais compte que cela tracassait Pat également.

À ce moment, une cliente entra dans le magasin. C'était une grande femme maigre, totalement dépourvue de dents. Cela ne semblait pas la gêner le moins du monde, bien au contraire, elle jacassait à toute allure, très à l'aise. Elle tenait sous son châle un panier d'œufs qu'elle avait, dix secondes après son arrivée, fait compter et transférer par Tom dans la grande boîte qui trônait sur le comptoir.

— Cinq douzaines plus deux, Sally, annonça-t-il quand il eut terminé, mais les deux sont des œufs de cane.

— Et qu'est-ce qui ne va pas avec les œufs de

cane, tu peux me le dire ? Si on t'avait élevé avec des œufs de cane, peut-être que tu ne serais pas une telle mauviette ! répliqua Sally avec entrain. Qu'est-ce que tu m'en donnes ?

— Six shillings deux, répondit Tom, mouillant son crayon pour faire le calcul sur l'ongle de son pouce.

— C'est pas gras, soupira Sally d'un ton résigné, mais enfin tu ne m'écorches pas trop. Donne-moi pour six shillings et deux pence de grain pour les poules, Tom, mon garçon. Si elles pondent pour six shillings deux d'œufs, elles auront autant en nourriture, c'est honnête.

Je voyais bien qu'il y avait un défaut quelque part dans son raisonnement, mais je n'arrivais pas à mettre le doigt dessus. Pendant que Tom lui remplissait son sac de grain, Sally tourna ses regards vers les hommes.

— Et qu'est-ce que vous faites donc tous ici à cette heure de la journée ? demanda-t-elle. Pourquoi n'êtes-vous pas en train d'extraire de la tourbe par ce beau temps ?

— Nous étions en route pour la tourbière, expliqua Colman, et nous nous sommes arrêtés ici pour boire une chopine. Et juste à ce moment-là, voilà ces jeunes gars et John Conroy et son père qui s'amènent d'Inishrone, avec un cadeau pour Stephen Costelloe, le plus merveilleux poulain qui ait jamais foulé le sol d'Irlande ! Vous auriez dû voir Stephen ! Il tournait en rond autour du poulain, sans arrêt, comme un gars qui a perdu la boule, Dieu me pardonne !

— Un cadeau ? — Sally nous jeta un coup d'œil pénétrant. — Mais il ne faut pas qu'il l'ait avant le mariage !

Avec une certaine nervosité, Pat expliqua :

— Nous laissons le poulain chez Corny O'Shea jusqu'après le mariage.

— Bien, très bien ! dit Sally.

Elle rumina un moment, puis laissa fuser un petit rire aigrelet : « C'était le seul moyen d'arriver à quelque chose avec lui. Faire un marché. On pourrait croire que Barbara est elle aussi un poulain, alors qu'en réalité c'est la plus belle fille des trois paroisses ! »

Les hommes firent entendre un murmure d'approbation. Il était clair, maintenant, que c'était pour Barbara qu'ils étaient tout prêts à oublier la longue querelle. Et puis, ils étaient contents, également, de voir Stephen battu à son propre jeu...

Sally fit brusquement volte-face et apostropha Tom :

— Et c'est pas la peine de noter chaque mot de ce que nous disons pour le rapporter à Stephen, parce que je vais, de ce pas, le lui dire moi-même ! N'ayez pas peur, ça ne va pas faire rater le marché, dit-elle à Pat qui levait déjà la main pour protester. Si Stephen a eu le coup de foudre pour le poulain, rien ne pourra le faire changer, de sorte qu'on peut bien dire tout ce qu'on veut !

Là-dessus, elle attrapa son sac de grain, souleva l'abattant du comptoir et fonça dans la cuisine.

C'en était trop pour Pat et moi. Avec un mot d'adieu aux hommes qui étaient en train de finir leurs verres, nous nous sommes glissés au-dehors.

— Nous allons filer chez Corny O'Shea avec le poulain, me dit Pat. Nous risquerions d'attendre un sacré bout de temps avant que Stephen Costelloe nous donne à dîner !

— Aujourd'hui, il le ferait certainement.

— Mme Costelloe, tu veux dire, corrigea Pat. Mais je ne me vois pas assis à table avec Stephen, en sachant qu'il va compter chaque bouchée que j'avale !

Nous sommes retournés dans la cour. Le poulain était là, attaché à un anneau fixé dans le mur de la maison par une grande longe qui devait appartenir aux Costelloe. Il se tenait près de la porte de la cuisine et regardait à l'intérieur, tout en écoutant la conversation et dressant les oreilles avec intérêt. Le soleil brillait sur son pelage lustré. Pat s'est avancé et a détaché la longe. À l'intérieur, les voix s'arrêtèrent net.

— J'emmène notre petit copain chez Corny, lança Pat.

Son père vint sur le pas de la porte.

— C'est ça, très bien. Nous te suivons.

Un instant plus tard, Stephen était à ses côtés, nous observant lèvres serrées tandis que nous entraînions le poulain. Derrière son épaule, nous pouvions voir Barbara et Mme Costelloe qui souriaient largement et nous faisaient au revoir de la main. Comme nous arrivions au portail, Stephen ne put se contenir et lança :

— Faites bien attention à lui !

Puis il referma la bouche étroitement et se détourna à demi. Mais ses yeux exprimaient clairement la peine qu'il éprouvait en voyant le poulain entraîné hors de sa cour.

Après avoir bien soigneusement refermé le portillon, Pat me murmura :

— Ça marche comme sur des roulettes, Danny ! Oh ! ça marche même mieux que je ne l'avais imaginé. Dis donc, est-ce qu'il n'y avait pas de quoi crever de rire à voir sa figure !

— Est-ce qu'il va tenir le marché, de son côté ? dis-je avec inquiétude.

Je ne connaissais pas vraiment bien Stephen Costelloe car je ne venais pas souvent à Rossmore. Nous étions généralement trop occupés, mon père et moi. Mais les Conroy étaient nombreux et avaient des parents à Rossmore, de sorte qu'ils trouvaient à la fois du temps et de bonnes raisons pour s'y rendre chaque fois que l'envie leur en prenait.

— Oh, Stephen est un homme de parole. En fait, il doit estimer qu'on peut être aussi mesquin qu'on veut, du moment qu'on tient ses engagements.

La maison des O'Shea se trouvait à un quart de mille en remontant la route. Elle était couverte en chaume et blanchie à la chaux, comme les nôtres, si bien que nous nous y sentions beaucoup plus à l'aise que chez les Costelloe. Il était presque une heure maintenant, et un formidable parfum de déjeuner nous arrivait par la porte ouverte. Quand nous avons regardé à l'intérieur, Mme O'Shea était penchée sur le feu, soulevant avec des pincettes le couvercle d'une immense marmite remplie de pommes de terre. Lorsqu'elle se retourna, son visage embrasé par la chaleur du feu était de la couleur de sa jupe rouge. Elle vint vers nous de sa démarche de canard, les pincettes à la main, et nous fit entrer.

— Enfin te voilà, mon Patsou, et toi aussi Danny. Vous êtes les bienvenus, du fond du cœur. Pat, amène donc le petit cheval dans la cour, Corny lui a préparé un lit.

Elle eut un petit rire caquetant : « Nous savons tout de lui. Entre ici, Danny, et raconte-moi comment vous avez réussi à vous entendre avec Stephen. »

Je suis donc entré, me suis assis près de la cheminée et je lui ai raconté comment Stephen était tombé amoureux du poulain. L'histoire avait déjà fait le tour de Rossmore, nous apprit-elle.

— Est-ce que vous n'êtes pas des futés, vous autres, à Inishrone ! Avoir des poulains comme ça à offrir, et nous qui n'en savions rien...

Là, je restai muet, mais je me demandai de nouveau combien de temps passerait avant que quelqu'un ne découvre que le poulain n'avait pas du tout été élevé à Inishrone...

J'ai soulevé la marmite et l'ai portée dehors, pour faire égoutter les pommes de terre et les mettre dans une corbeille plate en osier. Elle avait aussi une marmite de chou vert, avec un gros morceau de lard qui mijotait au milieu. Je l'ai aidée à disposer le tout sur un plat, puis nous avons tiré la table au milieu de la pièce. Pendant que je sortais appeler Corny et Pat, elle plaçait couteaux et fourchettes, sel et poivre sur la toile cirée à fleurs.

— Et Bartley et John ? demanda Corny en entrant.

— Ils seront là dans un instant, répondit-elle tranquillement. Tu ne sais donc pas qu'ils sont tous deux venus au monde à l'heure du déjeuner ?...

De fait, juste comme nous passions à table, Bartley et John arrivèrent. Corny avait pas mal d'années de plus que Bartley, mais ils étaient grands amis. Depuis que le dernier des fils de Corny était parti en Amérique, Bartley l'avait souvent aidé à rentrer les foins ou à récolter les pommes de terre. Corny n'avait que très peu de terre. Aucun de ses fils n'aurait pu en retirer de quoi vivre, aussi ne les blâmait-il pas de l'avoir quitté. Mais c'était un homme très sociable, et je voyais qu'il était heureux de présider une table bien entourée.

Tout en mangeant, ils parlaient du poulain.

— Tu dis que le mariage est pour dans six semaines ? Il y a plein d'herbe tendre dans le champ, pour lui, et qui durera bien tout ce temps.

— Stephen a promis qu'il t'enverrait un sac d'avoine, fit John avec un petit sourire.

— Non, sans blague ? dit Corny rayonnant. Ma foi, je pense que vous le tenez, ce coup-ci ! Je n'aurais pas cru voir le jour où Stephen se dessaisirait d'un sac d'avoine...

— Il s'imagine que le poulain lui appartient déjà, déclara Mme O'Shea. Après ça, il va vouloir que tu viennes vivre à Rossmore et que tu l'aides à tenir le magasin !

— Oh ! ça, ça n'arrivera jamais ! assura John.

CHAPITRE VIII

OÙ NOUS PRENONS LA MER SUR UNE DRÔLE DE GALÈRE...

Corny nous accompagna jusqu'au quai après le déjeuner. Malgré le succès de notre expédition, nous avions hâte de nous retrouver chez nous, où nous n'avions pas besoin de surveiller ce que nous disions, et où tout le monde était amical. Plusieurs hommes de Rossmore se trouvaient également sur le quai, mais ils eurent beau nous aider à mettre le bateau à flot de la façon la plus cordiale, cela me paraissait trop nouveau pour être tout à fait digne de foi. En fait, de tous les hommes qui se tenaient là et nous adressaient des signes d'adieu, Corny était le seul à ne nous avoir jamais fait de mal, peu ou prou. Outre qu'il était le cousin de Bartley Conroy, il n'avait pas une fois à ma connaissance causé de tort à quiconque.

Mais les autres nous avaient fait payer trop

cher pour la tourbe, ou nous avaient acheté nos moutons et nos pommes de terre au-dessous du prix, ou avaient pêché aux endroits qui nous revenaient par droit séculaire. Tout cela n'était que de petits riens, mais rassemblés, ils prouvaient assez clairement que pour les gens de Rossmore nous n'étions que des étrangers. Ils n'estimaient pas nous devoir une once de la considération particulière qu'ils accordaient à des voisins. Bartley observa, tout en regardant diminuer peu à peu les silhouettes sur le quai à mesure que nous nous éloignions :

— Ça va prendre du temps de se mettre à les aimer... Ils ne nous croiront jamais, sur l'île, quand nous leur raconterons ce qui s'est passé !

Le vent et la mer étaient contre nous maintenant, et cela ralentit notre voyage de retour. L'orage était encore en suspens, mais il allait sûrement éclater avant la tombée de la nuit. On commençait déjà à sentir ce profond bouillonnement de la mer qui précède la tempête. Les flots étaient d'un bleu terne et sombre, et comme piquetés par un petit vent pénétrant. De minute en minute le ciel gris ardoise devenait plus lourd. J'étais assis près de Pat à l'avant, et je regardais vers l'île des Chevaux.

— Il vaut mieux qu'on ne soit pas là-bas en ce moment, dis-je, indiquant l'île de la tête. Avec une mer comme celle-ci, nous n'aurions jamais pu repartir.

— Il faudra, dès que le temps sera remis, que

nous y retournions chercher la pouliche, répondit Pat.

Il jeta sur l'île un long regard nostalgique qui montrait bien son désir de s'y trouver, contre vents et marées. Au bout d'un instant, il reprit : « Est-ce que nous n'avons pas été idiots de croire que tous ces chevaux pouvaient trouver à se nourrir en hiver sur cette petite île, sans personne pour leur semer une acre d'avoine, ou leur mettre de côté une meule de foin ? C'est un miracle que les noirs aient réussi à survivre, au long des années. »

— En Amérique, les chevaux sauvages se débrouillent très bien. Tu ne te rappelles pas ce que racontait l'oncle d'Amérique de Derry Folan, qu'ils vivaient dehors hiver comme été ? Il disait qu'ils devenaient un peu maigres au printemps, jusqu'à ce que l'herbe repousse.

— Je me souviens, reconnut Pat. J'imagine qu'ils ont les grottes pour s'abriter, quand il fait mauvais. D'avoir à se débrouiller tout seul doit rendre un cheval drôlement intelligent. Les autres, on croirait qu'ils n'auraient même pas l'idée de rentrer quand il pleut !

— Mais c'étaient tous de belles bêtes. Il n'y en avait pas un qui soit boiteux ou efflanqué ou cagneux. Je suppose qu'on ne vole que ce qu'il y a de mieux.

Depuis que je m'étais rendu compte que certains des chevaux avaient des fers, nous avions compris que là était la seule explication possible à la présence de ces animaux sur l'île. Nous en ressentions d'autant plus d'amertume qu'une solution aussi banale faisait s'écrouler notre romantique histoire avec une force qui la réduisait en miettes.

— Nous devons leur faire quitter l'île des Chevaux d'une manière ou d'une autre, fit Pat d'un ton décidé. Nous pouvons les emmener un par un dans ta barcasse, et les débarquer à la pointe de Golam ; quiconque les a transportés sur l'île n'aura plus qu'à se démener pour les retrouver.

— Nous pourrions en prendre plus d'un à la fois si nous avions ce bateau, dis-je. Moins nous ferons d'allées et venues, mieux cela vaudra.

— Mais à nous deux, nous ne pouvons pas à la fois conduire cette barge et nous occuper des chevaux. — Pat lança un regard méfiant vers l'autre bout du bateau où son père et son frère aîné étaient aussi absorbés que nous par leur conversation. Il se pencha plus près de moi pour qu'ils ne puissent l'entendre : « En plus, nous aurons la grand-mère avec nous. Je ne sais pas si ce sera une aide ou une gêne. »

— Elle pourra faire tenir les chevaux tranquilles pendant que nous nous occuperons du bateau.

— C'est vrai, quoique à mon avis elle ne fasse que les exciter. Mais une chose est certaine : si mon père a vent de son projet de venir avec nous, ça sera la fin de tout. Il ne la laissera pas partir. Et je pense qu'il ne voudra pas nous laisser y aller seuls non plus. S'il n'y avait pas la grand-mère, je demanderais à mon père et à John de nous accompagner, et nous liquiderions tous les chevaux étrangers en un jour.

Sous le vent d'Inishrone, la mer était plus calme. Tout au bout du récif rocheux nous avons remonté les casiers à homards grouillants de monstres noirs furibonds.

À l'intérieur du petit havre, les risées se bousculaient à la surface de l'eau comme prises de panique. Bien avant que nous n'ayons atteint notre mouillage, une petite foule avait commencé à s'assembler sur le quai. On voyait tout de suite à notre expression que notre expédition avait été une réussite.

— Est-ce que le poulichon est en sûreté ? brailla Matt Faherty.

— Sain et sauf ! clama Bartley en retour. Il fait le plein chez Corny. Nous danserons au mariage dans six semaines !

Il était évident que notre succès était regardé comme un triomphe pour toute l'île. Le don du poulain n'était pas un « pot-de-vin », ni une basse tentative pour s'acquérir des bonnes grâces. Ce que nous voulions tous, c'était montrer que nous autres, gens de l'île, nous pouvions procurer une dot spectaculaire pour le plus valable de nos jeunes hommes. Et tant mieux si l'origine de cette dot avait un parfum de mystère !

— Une tournée gratuite pour tous les hommes

présents ! lança Matt avec intrépidité. C'est un grand jour, les gars, un très grand jour !

Nous avons remonté le quai, tous ensemble. Les hommes étaient de la meilleure humeur du monde. Les petits enfants, tout excités, couraient autour du groupe, sans comprendre de quoi il s'agissait, mais sentant que quelque chose d'étrange et de merveilleux était arrivé. Le capitaine hollandais s'était joint à la petite troupe. En dépit de sa masse importante, il se mouvait aussi rapidement que le plus mince. J'ai entendu dire que les ours ont également ce talent. En passant devant la poste pour aller chez Matt, j'ai lancé un coup d'œil à l'intérieur et j'ai vu l'aînée des demoiselles Doyle de nouveau bien en sûreté derrière ses barreaux de cuivre. Elle me fit un sourire pincé. Je ne lui en ai pas voulu, parce que c'était déjà un grand effort de sa part de m'adresser un sourire...

Deux portes après la poste, c'était le cabaret. Il s'appelait « Le Vent dans les Voiles » et avait une belle enseigne représentant un trois-mâts carré, qui se balançait au-dessus de la porte. Matt faisait sans cesse des retouches au tableau, si bien qu'il avait toujours l'air neuf. Cette enseigne était l'orgueil du village de Garavin, et nous n'aimions pas voir les gens qui visitaient l'île l'examiner et se mettre à rire, comme si c'était un drôle de nom. Si Matt était alors perché sur son vieil escabeau, un pinceau à la main, comme cela arrivait souvent, il se donnait la peine de descendre et faisait gravement une conférence sur la signification de l'enseigne jusqu'à ce que le rouge monte au front des touristes qui cédaient la place en bafouillant.

Pourquoi maintenait-il son enseigne en si bon état ? Surtout parce que cela lui donnait un prétexte à être dans la rue et à surveiller tout ce qui se passait. De ce même intérêt pour les faits et gestes des voisins résultait l'impressionnant désordre qui régnait à l'intérieur de la boutique. Quand il n'y avait personne dans le cabaret, Matt ne pouvait supporter d'y rester seul pour le nettoyer, et lorsqu'il avait des clients, il ne pouvait pas se résigner à les quitter, fût-ce une minute, de crainte de manquer un mot de leurs conversations. Étant donné qu'il vivait absolument seul, le temps qu'il ne passait pas dans la boutique, il l'occupait surtout à cuisiner ses maigres repas. Il n'était pas riche, bien qu'il eût pu le devenir. Il y avait à cela une bonne raison : si un client n'avait pas d'argent pour payer son verre de bière, Matt le lui servait gratis et ne lui en parlait plus ensuite.

Une fois entré, Matt se glissa derrière le comptoir et se mit à remplir les verres de tout le monde. Pat et moi, nous sommes allés tout au fond, là où s'empilaient en un tas poussiéreux tous les verres cassés au cours des ans. Matt nous apporta des limonades, et nous sommes restés assis là, chacun sur une barrique, à siroter dans notre coin, soudain recrus de fatigue.

Dans une accalmie de la conversation, tandis que les hommes buvaient leur première gorgée, l'enseigne se mit à grincer fortement dans le vent qui se levait. Je me souviens avoir ressenti alors, brusquement, au beau milieu de notre triomphe, un profond abattement. Je n'y comprenais rien, pourtant j'avais déjà éprouvé la même sensation auparavant, soit après une bonne journée de pêche, soit à la fin d'une récolte bien engrangée. Cela ne venait pas de l'allure misérable du cabaret mal tenu ; d'abord j'y étais accoutumé et pour l'heure, je n'y prêtais pas attention. Ce n'était pas non plus que les événements de la journée n'avaient pas été à la hauteur de mes espérances. J'aurais donc dû me sentir plus heureux que je ne l'avais jamais été jusque-là, entouré de voisins pleins de gratitude et de bienveillance. Au lieu de cela, j'étais en proie à une grande tension, une sorte de peur nerveuse, qui semblait résulter d'une quelconque faute ou négligence de ma part. Mal à l'aise, je regardai vers la porte où la lumière tournait au gris.

— Qu'est-ce que tu as, Danny ?

J'entendais la voix de Pat chuchoter à mon oreille : « On dirait qu'on t'a chipé ton sucre d'orge ! »

Je tentai de répondre d'un ton léger :

— C'est l'orage, je suppose. Et puis je suis un peu fatigué après cette journée. Je me demande si on ne pourrait pas s'en aller sans se faire remarquer ?

— Rien de plus facile. Finis ton verre et on sort.

Je terminai ma limonade et reposai le verre sur le comptoir. Personne n'a seulement tourné la tête quand nous sommes descendus de nos tonneaux et sortis dans la rue. Je savais que mon père me suivrait de près, car il n'était pas homme à traîner longtemps loin de la maison. Bartley et John feraient de même, impatients de raconter les nouvelles chez eux. Ils devaient pourtant bien rester un certain temps, pour ne pas avoir l'air de dédaigner l'hospitalité de Matt.

— Allons jusqu'au quai en les attendant, me dit Pat. Le ciel est d'une sale couleur et je veux être sûr que le bateau est bien à l'abri.

Ce fut seulement arrivés en haut de l'appontement que nous avons aperçu l'étrange bateau. Il était amarré juste derrière la barge des Conroy. C'était un bateau du type appelé « nobbie », très rare dans nos parages. Il était considérablement plus grand que la barge, à double étrave et gréé en ketch avec deux mâts. Ce n'était pas un bateau aussi maniable que la barge, en raison de sa trop grande taille, comme nous n'allions pas tarder à en faire l'expérience.

Le plus bizarre à nos yeux, c'est qu'au lieu d'être enduit de goudron, il était peint en bleu foncé ; les seuls bateaux peints qui faisaient escale à Inishrone étaient le canot de sauvetage et la hourque du capitaine hollandais. Bien sûr, il y avait quelques yachts, à l'occasion, mais on ne peut appeler cela des bateaux.

Nous nous sommes dirigés tout droit vers le bout du quai pour aller inspecter le nobbie de plus près. À mi-chemin, je me suis arrêté.

— Rentrons à la maison, Pat, dis-je brusquement. Laissons ce vieux bateau tranquille...

— Sans même l'approcher ?

— J'ai pas envie, insistai-je, incapable de dire pourquoi.

— Attends-moi ici, alors, reprit Pat gentiment, voyant que j'étais sérieux. Ça ne me prendra pas longtemps. Il n'y a pas un bateau qui s'amarre à Inishrone sans que j'aille le regarder de près, et je crois bien que celui-là vaut le coup.

Il dit tout cela d'un ton persuasif, espérant me faire changer d'avis. Mais je n'ai pas voulu bouger. Je me suis assis sur une borne d'amarrage, j'ai résolument tourné le dos au nobbie et à la mer et regardé droit devant moi. Et c'est ainsi que j'ai vu ce qui se passait plus haut dans le village.

Je venais de m'asseoir, quand deux hommes sont partis du bureau de poste avec la plus vieille des demoiselles Doyle. La plus jeune est restée sur le pas de la porte derrière eux, l'air tout agité. Les hommes étaient très grands, ils portaient des manteaux bleu foncé assortis à leur bateau, et des casquettes bleues à visière. Étant donné que c'étaient des étrangers pour moi, l'étonnant vaisseau leur appartenait sans aucun doute. Mlle Doyle nous désignait du doigt, manifestement, et pendant que je les observais, ils se sont retournés posément et ont commencé à descendre au quai dans notre direction.

Je me suis arraché de ma borne comme une pierre lancée par une catapulte, et j'ai foncé au bout du quai vers Pat. Il était à bord du bateau, bien entendu, allongé sur le gaillard d'avant, et fouillait du regard l'intérieur de la petite cabine quand je suis arrivé.

— Pat, lui ai-je soufflé d'un ton pressant. Débarque ! Les patrons sont là !

— Et qu'est-ce que je fais de mal ? répondit Pat avec insouciance. Sûr qu'ils ne vont pas se fâcher parce que je jette un coup d'œil à leur vieux rafiot !

Sans changer de position sur le pont, il tourna les yeux avec curiosité vers le quai. Et puis, sans un mot, il remonta lentement à terre. J'ai fait volte-face et suis resté debout près de lui. Alors, pour la première fois, je vis distinctement les étrangers. Sous leurs manteaux, ils portaient l'uniforme bleu à boutons d'argent des gardes civils.

Il n'y avait pas de gardes civils à Inishrone. Nous étions des gens plutôt respectueux des lois, et nous ne pouvions leur donner que peu ou même pas du tout de travail. De temps à autre, les gardes de Rossmore nous rendaient visite, juste pour nous montrer qu'on ne nous oubliait pas. C'étaient toujours des hommes calmes, bienveillants. Le seul signe révélateur de leur profession était leur façon de vous regarder avec cet œil perçant du bon chien de troupeau. Ces étrangers-là étaient tout à fait différents. Ils paraissaient continuellement en quête de criminels, surtout le plus maigre des deux, celui qui avait un long nez jaune et crochu, absolument comme un goéland. L'autre homme avait un visage lourd, avec des yeux mornes, semblables à ceux d'un poisson des profondeurs. C'est lui qui nous a parlé le premier, d'un ton rogue et soupçonneux, sans l'ombre d'un sourire :

— Êtes-vous Conroy et Mac Donagh ?

— Oui, répondit Pat. Mais je pense que c'est plutôt à nos pères que vous voulez parler. Ils sont là-haut, au « Vent dans les Voiles ».

Et il fit un pas en direction du village. Le maigre lui barra le chemin.

— C'est vous deux, les gars, que nous voulons, dit-il.

Il faisait un gros effort pour paraître amical, mais n'y réussissait pas mieux que n'aurait pu le faire son cousin, le goéland. « Venez à bord du bateau, et nous causerons. »

Nous n'y avons pas vu de mal. Nous ne savions toujours pas ce qui avait amené les gardes à Inishrone. Ça pouvait être la question des épaves, par exemple. Chaque fois que quelque chose était amené par la mariée, nous devions, en principe, le signaler aux gardes et le leur remettre aussitôt. Nous ne le faisions jamais, bien sûr, car les épaves constituaient un élément essentiel de notre vie. Je me souvins d'une jolie porte en bois, marquée « Made in Sweden », qui avait été déposée par le flot juste le mois précédent et qui faisait maintenant partie de notre étable. Je suppose que l'esprit de Pat avait fonctionné dans le même sens que le mien. En tout cas, nous avons jugé préférable de ne pas attendre que quelqu'un sorte du « Vent dans les Voiles », nous aperçoive et ameute la foule pour assister à notre conversation.

Nous avons sauté à bord. Le maigre a attaqué :

— Nous avons certaines informations au sujet d'un poulain volé, qui a été amené ici, à Inishrone.

— Il n'a pas été volé, protesta Pat d'un ton véhément, bien qu'il eût le souffle presque coupé par la surprise : il m'appartient !

— Ce n'est pas ce que dit le propriétaire !

— Vous connaissez le propriétaire ?

— Il a déposé une plainte. Nous avons relevé les traces du poulain, ainsi que celles de quelques autres, et elles menaient à l'île des Chevaux. Nous sommes allés chercher des bateaux pour les reprendre, et quand nous sommes revenus, ce poulain manquait.

« Nous avions perdu sa piste jusqu'à ce jour, lorsque nous avons entendu une histoire, à Rossmore : il était question d'hommes de l'île qui avaient fait cadeau d'un poulain à un M. Costelloe. Il s'agit bien du même poulain, aucun doute là-dessus.

Il fit une pause, mais il n'avait pas l'air d'attendre une réponse. Pat restait immobile, comme frappé à mort. Le récit du garde portait l'horrible sceau de la vérité. Je me suis dit que cela aurait été si facile, hier, d'emmener les gardes jusqu'au champ des Conroy et de leur remettre le poulain... Mais aujourd'hui, le poulain était un symbole d'amitié, un lien que l'on ne pouvait plus briser qu'au prix d'une haine plus forte que jamais entre les insulaires et les hommes de Rossmore.

À la fin, Pat demanda :

— Qu'est-ce que vous êtes venus faire ?

— Il faut que vous veniez avec nous, jusqu'à Clifden, répondit le gros. Peut-être que nous pourrons arranger tout ça gentiment. Nous allons vous montrer le poulain et vous nous direz si c'est bien celui que vous avez ramené de l'île...

— Est-ce que vous avez le poulain ?

Pour la première fois, Pat semblait convaincu. « Est-ce que vous l'avez déjà retiré de chez Corny O'Shea ? »

Il se tourna vers moi. « Oh ! Danny, c'est vraiment une sale journée ! »

Après ça, nous n'avions plus grand-chose à dire. Nous sommes tombés d'accord pour ne pas monter au « Vent dans les Voiles » dire où nous allions. Le maigre déclara qu'il allait demander à

Mlle Doyle d'expliquer à nos parents ce qui se passait. Nous ne voulions pas être là pour voir leurs figures quand on leur apprendrait que le poulain n'était pas la propriété de Pat, en fin de compte. Celui-ci me confia, à voix basse :

— Je me demande ce que la grand-mère va dire de tout ça. Son étalon et sa pouliche ont dû mourir sur l'île des Chevaux, en réalité. La pauvre, elle va être terriblement déçue.

Je ne savais que penser. En dépit de tout, je n'arrivais pas à croire que nous nous soyons trompés à ce point. Et en même temps, je me disais que les récits d'une vieille femme de plus de quatre-vingts ans avaient bien des chances d'être émaillés de bizarres inventions de son cru.

Le garde efflanqué remonta vers la poste, à l'intérieur de laquelle il disparut une minute, pas plus. Nous avons aidé l'autre à hisser la voile et à larguer les amarres. Il s'est maintenu à quai à l'aide de la gaffe, en attendant le retour de son compagnon.

— Il se prépare du gros temps pour ce soir, remarqua Pat qui observait la course précipitée des nuages noirs.

Le gros garde se retourna et jeta un regard négligent vers le récif où les vagues s'écrasaient brutalement sur les rochers, en gros flocons blancs. Il ne répondit rien. Puisqu'il avait l'air si sûr de lui, nous n'avons pas insisté. J'ai pensé qu'ils étaient aussi peu soucieux du temps que les gars du bateau de sauvetage, parce que leur métier les entraînait souvent dans des tempêtes qui effraieraient un insulaire. Je me suis dit qu'ils devaient être des marins formidables pour avoir tant de courage...

Il n'y avait toujours aucun mouvement au « Vent dans les Voiles » quand le grand maigre est revenu. Ce jour-là entre tous, Matt trouvait la conversation si passionnante qu'il n'avait même pas mis le nez dehors une seule fois pour s'assurer que tout allait bien dans le village. J'aurais donné cher maintenant, au dernier moment, pour voir son long visage avide surgir à la porte avec ce mouvement saccadé qui le faisait ressembler à un poulet et dont nous avions ri si souvent !

Dès que le maigre fut monté à bord, le gros poussa au large avec la gaffe. Hors de l'abri du quai, le vent soufflait en rafales et il s'engouffra violemment dans la voile. Nous avons roulé et fait une embardée si soudaine au milieu de la rade que j'en ai presque perdu l'équilibre. Puis le bateau a semblé se reprendre et nous avons atteint l'entrée du port sans encombre. Un moment plus tard, nous étions en pleine mer.

CHAPITRE IX

OÙ NOUS FAISONS NAUFRAGE

Dès le tout premier instant, je n'avais pas eu confiance en ce rafiot. Il avait une drôle de façon de se lancer à corps perdu dans les vagues et d'y enfouir son nez... Puis, il avait l'air de retomber sur ses talons, tandis qu'un tremblement effrayant et prolongé le parcourait tout entier. Il était évident qu'il craignait pour sa carcasse, et pourtant ses erreurs ne lui apprenaient rien ! Dès que nous avons été au-delà du banc rocheux, les flots ont commencé à cogner sur ses charpentes comme des marteaux de forgeron. J'ai jeté un coup d'œil vers le quai, et j'ai trouvé qu'il était déjà terriblement loin !

Tout autour de nous, les vagues se dressaient comme des dragons affamés. Si le bateau coulait, je savais qu'il serait vain de tenter de leur résister. À la façon dont Pat regardait l'île, puis les vagues, j'ai bien vu que son esprit suivait le même chemin que le mien.

Les deux gardes ne nous ont pas demandé de les aider sur le bateau. Ils semblaient avoir l'habitude de le mener ensemble, mais j'estimais qu'il y avait beaucoup trop de voilure pour notre sécurité à tous. Eux ne manifestaient aucune crainte et j'ai commencé à me demander s'ils étaient réellement des marins expérimentés ou au contraire s'ils en savaient tellement peu sur les bateaux qu'ils ne se rendaient pas compte du danger.

À une demi-heure d'Inishrone j'étais persuadé que la seconde hypothèse était la bonne. S'ils avaient mis le cap sur Rossmore, il n'y aurait eu qu'une courte distance sur laquelle nous nous serions trouvés sans le moindre abri, que ce fût d'Inishrone ou du continent. Étant donné que le vent soufflait maintenant presque en tempête, c'est ce qu'aurait fait un marin expérimenté, quitte à changer tous ses plans, pour sauver sa peau.

Mais ces deux héros téméraires ne daignaient même pas y penser. Ils lançaient ce bateau en plein dans les griffes du furieux vent Atlantique, aussi froidement qu'ils auraient conduit un cheval et son cabriolet. Pat n'a pas fait preuve d'autant de patience que moi :

— Qu'est-ce que vous fichez ? se mit-il à crier au-dessus de l'affreux tintamarre de l'orage. Est-ce que vous avez l'intention de nous envoyer tous dans l'autre monde?

Le garde maigre tordit les lèvres en un sourire acide et supérieur, mais ce fut le gros qui répondit :

— Nous allons à Clifden. Nous vous l'avons déjà dit.

— Mais la plus mauvaise partie de la côte se trouve justement entre ici et Clifden, rétorqua Pat, enroué à force de crier pour se faire entendre. Nous n'y arriverons jamais !

— Ce sont les ordres, reprit le gros avec un haussement d'épaules.

Il ne se donnait même pas la peine d'élever la voix, si bien que seuls quelques mots nous parvenaient : « Ce bateau est solide ; il n'y a pas lieu d'avoir peur. »

Pat ne répondit rien à cela, car il était visiblement inutile de discuter. Lui et moi étions assis au milieu du navire, abrités du plus gros de la tempête par la cabine. Malgré cela, nous étions sans cesse ballottés par les embardées du bateau, à tel point que tous nos os nous faisaient déjà souffrir.

— Il n'y a qu'un sacré imbécile qui pourrait ne pas avoir peur, me dit Pat d'un air sinistre. Lui et son bon bateau costaud ! Si tu veux mon avis, il est bâti comme un corbillard !

Nous étions trempés par les embruns, car le vent rabattait sur le bateau la crête des vagues en furie. La nuit descendait par grandes nappes sombres qui se rapprochaient d'instant en instant. Bientôt, elle nous recouvrirait comme un immense rideau. Là-bas à l'ouest, un coucher de soleil irrité lançait des flammes. Nous avions très faim.

— Viens avec moi, me chuchota Pat. Si nous

ne trouvons pas rapidement quelque chose à manger, nous n'aurons pas de courage pour ce qui risque de nous attendre.

Nous nous sommes glissés le long du bateau jusqu'à l'endroit où était assis le gros garde, à la barre. Il avait l'air plus sympathique que l'autre. Nous lui avons demandé s'il y avait quelque nourriture à bord et nous avons été sérieusement ragaillardis d'apprendre que nous trouverions une provision de pain et d'œufs durs dans la cabine. Je m'offris à aller chercher les vivres et, pour la première fois, le deuxième homme montra quelques signes d'amitié.

C'était une entreprise dangereuse et je savais qu'il me faudrait agir vite et prudemment. La seule façon d'entrer dans la petite cabine était de passer par une écoutille du pont supérieur. L'étrave du navire plongeait dans les vagues au lieu de les chevaucher comme l'aurait fait n'importe quelle chaloupe un peu décente. À chaque fois qu'il piquait du nez, la mer s'écrasait sur le pont et balayait le toit de la cabine. Cela voulait dire que je devais guetter le moment où le bateau escaladait la vague, bondir en avant et lever le panneau de l'écoutille, et enfin descendre, tout cela avant qu'il plonge de nouveau.

Le garde maigre se dirigea vers moi pour m'aider à grimper sur le toit de la cabine. Je lui exposai mon plan, et il l'approuva de ce rictus qui lui servait de sourire. Une seconde après que le bateau eut plongé, j'ai crié :

— C'est le moment !

J'ai agrippé le toit de la cabine et fait un rétablissement, aidé par une forte poussée de l'échalas. Mais il se cramponna à mon pied comme s'il avait peur de me laisser aller. Je me mis à lui lancer des ruades frénétiques.

— Bas les pattes ! Lâchez-moi, espèce de cinglé, lâchez-moi !

Il me lâcha. J'ai foncé tout droit vers l'écoutille, mais le temps perdu à libérer mon pied faillit causer ma perte. L'étrave plongeait dans la lame suivante. Le vent mugissait à mes oreilles. J'ai senti le flot déferler sur moi, presque tendrement, pendant que je me cramponnais à l'écoutille. Mes doigts ont un peu glissé et j'ai cru que c'était la fin. Même à ce moment-là, je me rendais compte que si je passais par-dessus bord, ils ne réussiraient pas à me repêcher. Le bateau serait déjà à cent mètres avant qu'ils puissent entamer un demi-tour. Quelle fin lamentable ! me disais-je.

Et puis, j'ai vu, au bout d'un temps qui me parut un siècle, que l'étrave se redressait de nouveau. Haletant, je me suis jeté dans l'écoutille comme un chat qui a volé un poisson. Je me suis arrêté sur l'échelle et j'ai regardé derrière moi, vers la poupe. Le visage de Pat était livide dans la vilaine lumière grise. Les yeux des deux autres étaient fixés sur moi, et j'y ai lu toute la gravité du danger que je venais de courir. Il était clair comme le jour que tous trois s'étaient attendus à me voir balayé sous leurs yeux du toit de la cabine et précipité dans les noires profondeurs de la mer. À cela près que Pat semblait frappé d'horreur et malade de peur pour moi, tandis que les autres avaient l'air désappointé.

Je descendis silencieusement l'échelle, en laissant le panneau de l'écoutille retomber en place derrière moi. Maintenant, je m'apercevais pour la première fois qu'il y avait deux hublots à l'avant, qui donnaient une faible lumière. C'était encore une chose bizarre. Jamais jusqu'à présent je n'avais vu de hublots dans ce genre de bateau. Habituellement, la cabine n'était éclairée que par la clarté tombant de l'écoutille ouverte. J'ai considéré les hublots pendant un long moment, comme en une sorte de rêve. Je répétais sans arrêt, pour moi seul :

— Très bizarre, très bizarre !

Les mots ne me disaient rien, j'avais la tête vide de toute pensée. J'ai frissonné, soudain, puis j'ai éclaté en sanglots. Tout le temps que je suis resté assis sur un vieux sac à m'abandonner à ma frayeur, j'arrivais quand même à me réjouir que Pat ne soit pas là pour me voir. J'ai peu à peu retrouvé suffisamment mes esprits pour me sentir idiot. Ça me consolait un peu de me rappeler comment Tom Kenny, un homme rude, d'âge mûr, avait pleuré comme un bébé pendant cinq minutes quand il avait failli être écrasé par la chute d'un mât à Rossmore.

J'ai ouvert le seul placard qu'il y avait dans la cabine et j'ai trouvé les vivres. Ensuite, avant de les rapporter aux autres, je suis resté un moment à réfléchir à l'extraordinaire impression que j'avais ressentie en regardant les deux hommes, une fois à l'abri de l'écoutille. Ils avaient l'air désappointé, m'étais-je dit. Si je ne me trompais pas, la seule explication possible était qu'ils avaient espéré me voir passer par-dessus bord. L'idée semblait ahurissante, puis je me rappelai comment le grand maigre s'était cramponné à moi jusqu'à ce qu'il fût presque trop tard. En y pensant à tête reposée, il était assez facile de comprendre qu'il l'avait fait délibérément. Cet homme n'était pas émotif, non plus qu'enclin à de soudaines paniques, de cela j'étais sûr.

Je sais qu'il existe des gens qui retirent un plaisir particulier du malheur des autres, sans aller jusqu'à leur souhaiter du mal ou leur nuire. On trouvera toujours ces gens-là en train de discuter des fautes d'un pauvre pêcheur, s'apitoyant sur sa femme et ses enfants avec une vertueuse satisfaction, et prophétisant son effondrement prochain. Ce sont les mêmes qui font étroitement cercle autour de la victime d'un accident, se repaissant du spectacle pour ensuite en tirer gloire. Il m'apparut alors que les gardes devaient être endurcis aux déboires des autres et que, sans eux, ils manqueraient de sujets de conversation...

J'avais beau faire, impossible de nier que ce

garde m'avait retenu par le pied jusqu'à ce que je coure le pire danger. C'était vraiment un beau protecteur du peuple, à coup sûr !

Alors, tout d'un coup, j'ai su la vérité. Cela m'a tellement saisi que j'ai lâché la porte du placard à laquelle je me retenais, et que je me suis trouvé projeté de tout mon long sur le plancher de la cabine, parmi les cordages et les bidons entassés à l'avant. Autour de moi la mer grondait, et le bateau se dressait et plongeait et frémissait. Mais je restais prostré là, comme un aveugle brusquement guéri, et tellement submergé de joie qu'il ne se tracasse même pas si la première chose que rencontrent ses yeux est un taureau furieux. À présent, je savais qu'ils n'étaient pas plus gardes que moi.

Je revivais chaque moment que nous avions passé avec eux. L'une après l'autre, me revenaient toutes les choses qui m'avaient paru anormales à leur sujet. Leur manque de cordialité avait été ma première impression, et la plus surprenante. Ensuite, le fait qu'ils n'étaient pas montés jusqu'au « Vent dans les Voiles » pour parler à mon père et à celui de Pat. Je réalisais maintenant qu'aucun garde n'aurait emmené deux jeunes garçons sans que leurs parents les accompagnent. En troisième lieu, de vrais gardes ne seraient pas arrivés dans un bateau à voiles aussi lourd, aussi difficile à manœuvrer, par une tempête comme celle-ci. Ils venaient toujours avec le bateau de sauvetage, qui avait un moteur puissant et pouvait facilement supporter un temps pire encore. En outre, ils auraient bien su que nous étions incapables de quitter l'île, et qu'ils pouvaient se permettre d'attendre. Plus j'y pensais, plus je m'apercevais que leur seule ressemblance avec des gardes était leur taille et leur habillement.

Et s'ils n'étaient pas des gardes, qu'est-ce qu'ils étaient ? Ils connaissaient nos noms et ils avaient mentionné l'île des Chevaux. Il ne fallait pas être très intelligent pour voir qu'ils avaient quelque rapport avec la présence des chevaux ferrés sur l'île. La seule autre personne qui semblait savoir quelque chose de l'île des Chevaux était Mike Coffey. Et le bateau de Mike avait déjà quitté le quai lorsque nous nous étions mis en route pour Rossmore ce matin.

J'aurais voulu discuter avec Pat de ce que nous allions faire maintenant. Cependant, il me semblait évident qu'il n'y avait rien à faire, sinon rester en vie jusqu'à notre arrivée à bon port. Cela n'allait pas être facile. Même si les deux hommes ne parvenaient pas à nous faire passer par-dessus bord l'un après l'autre, il était fort douteux que le bateau puisse résister beaucoup plus longtemps à la tempête. Et alors, nous irions tous ensemble par le fond, les innocents comme les scélérats, et les poissons grignoteraient nos os sans s'inquiéter de l'espèce qu'ils allaient déguster en premier...

Cette pensée me mit debout d'un seul coup. Quelles que soient mes chances de m'en tirer, elles s'évanouiraient totalement si j'étais en bas quand le bateau sombrerait. Je me dis aussi que Pat risquait de venir voir pourquoi je restais parti si longtemps. Et il serait peut-être plus facilement que moi victime de la traîtrise du grand maigre.

Le pain et les œufs se trouvaient dans un vieux sac de toile. Je l'ai attrapé par le haut et j'ai grimpé l'échelle branlante. Au moment de lever le panneau de l'écoutille, j'ai eu un instant de panique. Et si je découvrais que Pat avait disparu sans laisser de trace, et qu'il ne restait que les deux hommes en train de ricaner et de se lécher les babines comme deux chats affamés sur le sentier de la guerre ? Je savais que s'ils se jetaient sur moi tous les deux et me poussaient par-dessus bord, je n'avais guère de chances d'en réchapper.

Aujourd'hui encore, j'ignore ce qui les a retenus. J'y ai souvent repensé, et je peux seulement conclure qu'ils avaient quelques petits restes de conscience qui ne leur permettaient pas d'être aussi insensibles qu'ils l'auraient voulu. Pour leur tranquillité d'esprit, ils devaient faire en sorte que notre mort parût juste un malheureux accident.

Quand j'ai passé la tête par l'écoutille, je me suis trouvé rudement soulagé de voir Pat debout à côté du gros homme à la barre. La tempête était encore plus forte et la mer fonçait à toute vitesse, à grands coups de lames grises et sinistres, lisses et terribles comme des couperets d'acier. La charpente du navire craquait et gémissait tant qu'on eût dit qu'elle était réduite en bois d'allumettes sous un énorme rocher. Le bateau montait et descendait sur les vagues monstrueuses et ses mâts oscillaient et pliaient sous le poids des voiles. Autant que je pouvais m'en rendre compte, toute la toile était encore hissée, jusqu'au dernier centimètre. Accablé, je compris que c'était par miracle qu'il avait tenu le coup si longtemps.

Je pouvais à peine apercevoir la ligne de la côte, car l'obscurité s'était encore épaissie. Sur le désert liquide qui nous entourait, pas une voile n'apparaissait en dehors de la nôtre. Si quelqu'un, regardant la mer, avait observé notre course folle, il aurait sûrement pensé que tout le monde était passé par-dessus bord et que le nobbie courait à sa perte, libre et farouche.

Je guettai ma chance de grimper sur le toit de la cabine et me laissai tomber rapidement sur le pont au-dessous. Le vent me déchirait et m'agrippait tandis que je m'efforçais de gagner l'arrière. En approchant, j'ai vu que le visage de Pat était convulsé de colère et de désespoir. Il criait dans l'oreille de son compagnon :

— Pour l'amour de Dieu, faites preuve d'un peu de bon sens et descendez cette voile. J'en ai plein le dos de me fatiguer à vous dire que vous allez engloutir votre vieux rafiot ! Ça ne serait d'ailleurs pas une perte, sauf que nous irions tous avec lui...

Le gros homme lui répondit :

— Nous sommes pressés d'arriver à Clifden. Le bateau marche très bien.

Pat se tourna vers moi :

— Danny, veux-tu essayer d'expliquer à ce cinglé qu'il n'est pas en train de conduire une charrette à âne ! Comment tout ça va-t-il se terminer pour nous ?

— Je lui donne encore dix minutes à vivre, répondis-je. C'est le plus mauvais bateau sur lequel j'aie jamais mis le pied, sans mentir, et même un bon ne pourrait pas durer longtemps dans une pareille tempête.

Si nous voulions lui faire peur, nous avions certainement réussi cette fois. Malgré la vague clarté finissante, j'ai pu voir sa figure tourner au vert. Jusqu'à présent, il avait tenu la barre avec une certaine adresse, bien qu'il ne fût pas un expert. Du coup, il l'abattit brusquement sous le vent. Le bateau donna de la bande et le plat-bord s'enfonça sous l'eau. Quand il se redressa, ce fut lourdement, lentement, car il avait embarqué plusieurs tonneaux d'eau. Je la sentais balayer mes orteils nus. Le grand maigre nous arriva dessus comme un boulet de canon.

— Qu'est-ce qu'il te prend ? Tu veux nous tuer ?

— Les gosses disent que nous sommes finis, de toute façon, bégaya le gros, tremblant de peur.

Il lâcha la barre et se prit la tête entre les mains,

gémissant : « Je voudrais être chez moi, oh ! oui... Je voudrais ne jamais m'être lancé dans cette... »

De nouveau, le bateau fit une embardée et donna de la bande. Cette fois, il mit plus de temps à se redresser. Nous étions dans l'eau jusqu'aux chevilles. La grand-voile claqua quand le bout-dehors se mit en travers. Le bateau s'enfonça un peu par l'arrière.

— Il est fichu, Danny ! dit la voix de Pat à mon oreille. J'ai l'impression qu'il ne tiendra même pas tes dix minutes.

Le grand maigre amenait la voile, en la laissant tomber en tas, ce qui ne pouvait qu'ajouter à la confusion. Le gros récitait ses prières. Je me dis qu'il était grand temps en ce qui le concernait ! Je m'aperçus que je tenais toujours le sac de vivres, copieusement éclaboussé d'eau de mer à présent. À côté de moi, Pat travaillait fiévreusement à vider une barrique de son eau, puis à y remettre la bonde bien soigneusement en la tapant avec une pierre de lest. Ensuite, il prit une longueur de corde et l'enroula deux fois autour de la barrique.

— C'est tout ce qu'on peut faire comme bouée de sauvetage, me confia-t-il à l'oreille. Nous ne sommes pas encore cuits !

Il éleva la voix pour lancer aux deux hommes : « Vous feriez mieux de retirer ces grosses bottes et ces lourds uniformes, ou bien ils vous entraîneront au fond ! »

Ils s'y mirent aussitôt, le gros homme dans une

agitation panique qui rendait sa tâche deux fois plus ardue, et l'autre posément, avec une lenteur délibérée. Je remarquai que tous deux s'y prenaient maladroitement, comme si ces vêtements leur étaient étrangers.

Ils n'avaient pas fini quand, avec un craquement bref et aigu, le grand mât se brisa en deux. Il s'abattit entre nous, et s'allongea de tout son long près de la barre, comme un grand corps fatigué.

— Si c'était arrivé quand la grand-voile était encore hissée, c'en était fait de nous, constata Pat. Et si ce navire était tant soit peu décent, il resterait gentiment en panne ici, tout doux et confortable. Mais regardez-le ! On croirait une baleine !

De fait, il agissait maintenant comme le font, paraît-il, les baleines touchées à mort, donnant des coups et frappant l'eau ; jamais auparavant je n'avais vu un bateau se conduire ainsi. Nous nous sommes mis à écoper, mais nous ne pouvions espérer assécher l'océan Atlantique, c'eût été pourtant le seul moyen de sauver ce nobbie. Les deux hommes étaient inutiles.

Le gros continuait à prier et à pleurnicher et se plaignait d'être sujet aux rhumes, ce qui réussit à me faire rire au milieu de nos malheurs. Le maigre s'affairait à couper avec son couteau de poche l'extrémité brisée du mât et à la débarrasser de ses divers cordages pour avoir quelque chose à quoi se raccrocher. Quand l'autre vit ce qu'il faisait, il poussa un cri sauvage, comme un cri de goéland, et plongea en avant pour s'emparer du mât. Il s'en saisit comme s'il était déjà en train de se noyer. Le maigre grogna, mais le laissa faire.

Nous étions vraiment gelés, debout avec de l'eau jusqu'aux genoux.

— Je suis peut-être timbré, dit Pat, mais je vais manger un brin de ce que tu as dans ce sac. Si ça ne nous fait pas de bien, ça ne nous fera pas de mal !

Traînant notre baril avec nous, nous avons avancé pouce par pouce, et pris appui du dos contre la cabine. La proue du bateau était plus haut sur l'eau que la poupe, et ici nous étions un peu plus abrités du vent. C'est extraordinaire comme ce bref répit nous a réjouis. Nous avons fait signe aux hommes, et ils nous ont rejoints, tirant leur mât derrière eux. Le maigre tourna un œil plein de convoitise vers notre tonneau, me sembla-t-il, mais ne dit rien.

Avec les dernières lueurs du jour, nous avons sorti les provisions du sac. Nous n'osions pas nous servir de nos deux mains à la fois, si bien que nous pêchions au hasard et mangions ce que nous remontions. C'était du pain noir, humide et salé maintenant, mais délicieux pour nos palais affamés. Il y avait aussi des œufs durs, comme le gros homme l'avait dit. Ils avaient encore leur coquille, et nous avons englouti le tout comme le meilleur et le plus fin des mets. Il y en avait deux pour chacun de nous, et une quantité d'épaisses tranches de pain. Nous avons dévoré jusqu'à ce qu'il ne reste plus rien dans le sac, si ce n'est quelques miettes détrempées. Puis, n'ayant plus rien d'autre pour nous occuper, nous avons attendu que le bateau finisse par sombrer.

CHAPITRE X

OÙ NOUS RETROUVONS LA TERRE FERME ET RENCONTRONS LUKE-LES-CHATS

Jamais auparavant je n'avais fait naufrage, et j'ai été très surpris du temps qu'a mis ce rafiot à couler. La cabine servait en quelque sorte de compartiment étanche et maintenait son avant au-dessus de l'eau. Nous n'osions pas regarder à l'intérieur, mais c'était certainement resté tout à fait sec pendant un bon moment. Le lest avait glissé jusqu'à l'arrière, bien sûr, et se trouvait ballotté lamentablement de-ci de-là. Bientôt, l'avant pointa presque droit vers les cieux et nous nous sommes accrochés des deux mains à la cabine.

Par une chance inouïe, il ne faisait pas nuit noire. Une lune à son plein brillait au milieu des nuages déchiquetés par une course folle, et même lorsqu'elle était cachée, une certaine clarté nous baignait. Les vagues immenses, voraces, qui avaient été si horribles dans le morne crépuscule, étaient belles maintenant, à la douce lueur de la lune. La tempête avait très légèrement faibli avec la tombée de la nuit et nous étions contents de ne plus être assourdis par les clameurs aiguës du vent et de la mer. Pat me souffla à l'oreille :

— Il dérive plus près de la côte à chaque instant. Autrement, je t'aurais proposé de l'abandonner maintenant. Mais aussi longtemps qu'il tient le coup, il nous est plus utile qu'un vieux tonneau.

J'interrogeai :

— Dis-moi, Pat, est-ce que tu n'as pas peur ?

Il ne répondit pas tout d'abord. Puis il me dit :

— J'ai peur, mais je ne vois pas à quoi ça nous avance. Mieux vaut ne pas y penser. J'aimerais bien être à la maison en ce moment, ça c'est sûr !

— Est-ce que tu ne crois pas que le vent est moins fort ? continuai-je, histoire de parler.

— La tempête est presque finie, répondit-il.

— Alors, peut-être que le bateau ne va pas sombrer, après tout ?

Mais tout en le disant, je savais qu'il n'y avait plus d'espoir. Pat eut un petit rire grinçant :

— À mon avis, il va marcher au fond de l'océan dans la minute qui suit !

De fait, le bateau était comme un nageur qui a perdu pied et s'en revient vers le rivage, tâtant l'eau avec précaution, du bout de l'orteil, en espérant rencontrer le fond. Je n'éprouvais pas le moindre soupçon de regret pour lui.

Quand il s'est enfin décidé à couler, ce fut doucement, paisiblement, comme un requin-pèlerin. Nous savions que cela allait arriver, car nous avions senti l'avant s'enfoncer progressivement. L'eau s'était enfin frayé un chemin et emplissait la cabine. Nous nous étions depuis longtemps attachés à notre tonneau, mais pas trop serré, afin de pouvoir nous libérer s'il commençait à couler. Les deux hommes nous avaient observés en silence, et avaient suivi le mouvement avec leur morceau de mât. Mais ils n'avaient pu se contraindre à tenir aussi longtemps que nous. Dix bonnes minutes avant que le rafiot ne sombre, ils avaient lancé le mât à la mer comme si c'était une barque et s'en étaient allés, ballottés par les sombres vagues frangées d'or. En moins d'une minute, ils étaient hors de vue.

— Dieu leur donne la force de tenir bon, murmura Pat un moment plus tard.

Puis nous n'avons plus fait allusion à eux et nous n'avons plus cherché à les suivre des yeux.

Bientôt, le bateau tout entier fut submergé. Nous étions encore sur le toit de la cabine, maintenus d'aplomb par notre tonneau qui s'avéra une bouée de sauvetage merveilleuse. Il faisait un froid mordant. Les vagues nous giflaient le visage, et je me souviens que cela m'irritait. Je n'éprouvais plus de frayeur à présent sans doute parce que j'avais épuisé toutes mes réserves de peur lorsque j'avais failli être balayé du toit de la cabine.

Et puis, tout d'un coup, nous nous sommes retrouvés en train de nager. La toute dernière petite poche d'air s'était emplie d'eau et le bateau cette fois était au fond pour de bon.

— Ça fait un mauvais bateau de moins sur l'océan, commenta sévèrement Pat.

Après ça, nous n'avons plus parlé. Rester vivant était une entreprise exigeant jusqu'à la plus petite parcelle de souffle. Nous tenions de très près la boucle de cordage du tonneau, mais nous devions tout de même nager de l'autre bras pour nous maintenir à la surface. Maintenant que nous étions bien immergés, je savais que nous pouvions être ballottés sur place jusqu'au Jugement Dernier, ou jusqu'à ce que nous lâchions prise, épuisés, pour sombrer et, peut-être, nous retrouver sur le bateau, au fond de la mer où il reposait. Mort ou vif, je ne voulais pas revoir cette galère...

Une forte houle s'est s'élevée et ce fut une bonne chose pour nous. Au bout de quelques minutes, nous avons constaté que nous étions doucement entraînés. Pour ce que nous en savions, nous faisions peut-être route vers l'Amérique. Enfouis au creux des vagues, nous ne pouvions apercevoir le moindre bout de terre et pourtant nous étions sûrs de ne pas être tellement loin au large. Il faisait toujours un brillant clair de lune et nous pouvions nous voir, ce qui était un grand réconfort dans notre accablement.

Chose étrange, tant que nous avions dû lutter contre les flots, nous n'avions pas eu le temps de nous laisser aller au désespoir. Mais une fois le vent tombé, lorsque les vagues se muèrent en nonchalantes ondulations, une faiblesse, un accablement terribles se sont emparés de moi. Mon bras, étiré au maximum pour étreindre le tonneau, paraissait aussi long qu'une rame, et j'y ressentais comme une très ancienne souffrance qui semblait n'avoir jamais eu de commencement. Une petite voix, au-dedans de moi, me soufflait qu'il vaudrait mieux tout lâcher. Mon bras disait de même : « Laisse aller. Lâche donc ! Tu me fais mal ! » Au creux des flots berceurs, si doux, je me laisserais glisser pour dormir, dormir, dormir...

J'abandonnai, et pendant un instant délicieux je sentis s'estomper la douleur de mon bras. Mais quand ma tête a plongé sous l'eau, je me suis réveillé, et vite ! La corde passée autour de mes épaules me maintenait encore au tonneau, et je fus très heureux d'étendre le bras et de me hisser, tout crachotant, tête et épaules hors de l'eau. Seulement, dans le court moment où j'avais coulé, j'avais pu sentir le sable sous mes pieds.

Au bout d'un temps interminable, nous fûmes enfin à proximité du rivage. Bien que la tempête fût à peu près calmée, les vagues venaient s'écraser sur la plage sableuse en un tumultueux bouillonnement d'écume blanche. Chaque fois que nous trouvions le fond, nous étions ramenés en arrière, toujours et encore, et nous flottions misérablement jusqu'à ce que la vague suivante nous emportât dans sa course. Nos têtes cognaient l'une contre l'autre et contre le tonneau. Nous étions tournés et culbutés comme des clowns dans un cirque. Nous buvions de grandes rasades salées des flots amers. Nous avons fait la navette un nombre incalculable de fois avant de nous rendre compte que c'était le tonneau, si utile jusqu'alors, qui nous empêchait d'aborder.

Quand nous avons été une fois de plus ramenés au large, nous nous sommes dégagés des cordes qui nous harnachaient après le tonneau, et nous ne l'avons plus tenu qu'avec les mains. Nous sommes restés accrochés là un moment, et puis nous avons senti de nouveau la longue aspiration de la vague suivante qui nous entraînait vers le rivage. Juste au cœur des brisants, nous avons tout lâché. Je me rappelle que je suis resté sans mouvement, la tête en bas dans l'eau peu profonde, soudain réduit à l'impuissance sans le tonneau. Tout autour de moi retentissait le fracas de l'eau en mousse neigeuse qui m'enfonçait dans le sable. Et puis, comme je me redressais, la vague se retira doucement et me laissa en plan. Reprenant mes esprits, le peu qui en restait, je me suis obligé à sortir du va-et-vient épuisant des flots. Je me traînais sur les genoux, lentement et péniblement, et, quand je suis arrivé au sable fin, je me suis laissé tomber de tout mon long.

Cependant, je savais que je ne devais pas me reposer, qu'il me restait encore quelque chose à faire. Sachant à peine pourquoi je le faisais, je relevai un peu la tête pour regarder vers la mer. Alors j'aperçus Pat, qui rampait lentement dans ma direction. J'attendis qu'il soit étendu près de moi, et une paix profonde m'envahit, telle que je n'en ai jamais ressenti depuis. J'eus conscience qu'il avançait la main pour me toucher et, à la seconde même, je me suis endormi.

C'est le soleil qui m'a réveillé et aussi le calme. Après le bruit de tonnerre qui avait empli mes rêves, il semblait vraiment étrange et surnaturel. Les vagues léchaient le sable chaud avec un doux murmure qui s'éteignait un moment, puis reprenait. Lorsque j'ai redressé la tête, j'ai vu s'étendre devant moi une immense grève lisse avec quelques rochers couverts d'algues à la limite de l'eau. J'aperçus Pat là-bas, penché sur les rochers. Alentour, il y avait un grand cercle de dunes coiffées d'herbe. Le sable était presque aussi blanc que de la chaux, et il paraissait merveilleusement net et familier après notre nuit d'horreur.

Je me mis debout lentement et péniblement, car tous mes os me faisaient mal. Cependant, je constatai qu'à chacun de mes pas en direction de Pat, je me sentais un peu mieux. Quand je suis arrivé près de lui, j'ai bien vu qu'il se moquait de moi. Rien d'étonnant à cela, car je marchais comme l'un de ces grands oiseaux de mer, si disgracieux sur la terre ferme. Mes articulations étaient aussi raides que si j'avais quatre-vingt-dix ans ! Depuis ce jour, je n'ai plus jamais ri des vieux qui clopinent jusqu'au quai à Inishrone, pour s'asseoir dans le soleil, et qui arrivent à se tenir droits en agrippant d'une main les basques de leur habit.

Pat me raconta qu'il était éveillé depuis une demi-heure.

— J'étais aussi lamentable que toi, au début. Tu te sentiras bien dans un petit moment. Oh ! mon gars, si c'est pas formidable d'être en vie !

Il avait rempli de moules le devant de sa chemise, mais nous n'avons pu nous décider à les manger, tant elles avaient l'air froides et coriaces. Il les laissa retomber dans le creux de rochers où il les avait trouvées et elles se mirent gaiement à faire des bulles...

La mer était d'un satin pâle, gris-bleu, avec

une longue bande plus lisse au large, où se trouvait le courant. On apercevait un bateau dans le lointain. Il avait l'air d'un oiseau, car nous ne pouvions voir où la mer rejoignait le ciel. Il était environ huit heures, à en juger par la hauteur du soleil.

Nos vêtements avaient à peu près séché, mais ils étaient lourds et collants sur notre dos. Alors nous avons commencé à parler d'une maison où il y aurait du feu, du pain et du babeurre, des vêtements secs et propres et quelqu'un pour envoyer un message à Inishrone disant que nous étions sains et saufs.

— Y a de grandes chances pour qu'ils nous croient noyés, quand les gardes de Clifden signaleront que nous ne sommes pas arrivés, dit Pat.

Bien que nos cœurs fussent un peu lourds à la pensée du sort des deux hommes, c'était la première fois que l'un d'entre nous y faisait allusion. C'est alors que j'ai fait part de mes conclusions à Pat, à savoir qu'ils n'étaient pas gardes du tout mais seulement des complices de Mike Coffey. Pat s'arrêta, pétrifié. Nous étions arrivés à l'extrémité herbeuse de la grève. Il se détourna pour regarder vers la mer, puis s'écria sauvagement :

— Est-ce que tu veux dire que nous aurions pu passer la nuit dernière à la maison, dans notre lit ? Que nous n'étions pas obligés de partir avec ces deux guignols ? Que nous n'étions pas obligés de manquer mourir dans la tempête ?

— C'est bien ce que je pense, répondis-je. Ça

ne m'est venu à l'idée que lorsque je suis allé dans la cabine chercher les provisions, et je n'ai pas eu l'occasion de te le dire depuis.

— Et moi qui leur ai dit que Mike Coffey était sur une affaire louche ! dit Pat, hochant la tête de stupéfaction. Je leur ai dit ça pendant que tu étais en bas. Je leur ai dit que j'étais sûr qu'il savait quelque chose à propos des chevaux et qu'ils devraient le surveiller. Ils m'ont dit merci beaucoup, qu'ils n'avaient jamais pensé à Mike et qu'il était tout à fait libre de ses mouvements avec son bateau et que j'étais un garçon drôlement futé et observateur. Et pendant tout ce temps-là, ils devaient ricaner intérieurement... J'espère... non, c'est une mort que je ne souhaite à personne. S'ils sont vivants, ils ont eu une telle peur que ça les fera tenir tranquilles pendant un bon bout de temps !

Tout en continuant à marcher, je lui ai raconté comment le grand maigre m'avait retenu si longtemps que j'étais presque passé par-dessus bord. Même alors, et après tout ce qui était arrivé depuis, je me rappelais ce court instant avec un frisson d'horreur.

Au bout de la plage, un immense horizon de dunes sableuses couvertes d'herbe rase s'étirait devant nous. En les traversant, nous sommes tombés sans arrêt sur des villages de lapins. Les terriers étaient tous semblables, une douzaine à peu près de petits porches arrondis et un lacis de routes allant dans tous les sens. Il y avait des traces toutes fraîches de petites pattes et, une fois, il s'est produit comme un petit tourbillon de sable à notre approche, mais nous n'avons vu aucun bout d'oreille frémissante ou de petite queue blanche filant comme l'éclair dans un terrier. Ça faisait drôle de penser à tous ces petits corps palpitants qui se blottissaient sous terre, attendant pour sortir de nouveau que nous soyons passés.

Il nous sembla qu'il s'était écoulé un temps infini quand nous sommes arrivés au sommet de la dernière petite dune et que nous avons vu une route devant nous. Nous étions affaiblis autant par la faim que par les épreuves de la nuit passée et nous avons dû nous asseoir quelques minutes avant de parcourir la dernière partie du trajet. Là-bas, au bout de la route, il y avait une petite maison blanche. Je la revois encore, posée là avec son pignon vers la route, au milieu d'un terrain inculte et pierreux aussi soigneusement clôturé qu'un champ de courses.

— Il y a de la fumée, remarqua Pat, après un petit moment. Il y a quelqu'un à l'intérieur.

En effet, un filet de fumée pas plus épais que n'en lâche une pipe, s'échappait de la cheminée. À un kilomètre environ à l'est, nous pouvions apercevoir d'autres maisons plus importantes. Au voisinage de la maisonnette s'étendaient des acres de pierres, de fougères et de bruyères. Tout près, une parcelle de pommes de terre fraîchement retournée. Une unique vache noire paissait dans le seul bon pré que nous pouvions découvrir.

Nous nous sommes dressés sur nos pieds et avons descendu la pente. Nous avons trouvé un petit sentier de sable blanc et humide qui montait du rivage. Un peu plus loin, il devenait boueux et plein d'herbe et conduisait directement à la petite bâtisse. Bientôt, nous avions atteint la partie gazonnée qui s'étendait devant le porche, et plongions nos regards à l'intérieur.

Le vantail inférieur de la porte était fermé. Tandis que nous observions les lieux, un homme apparut qui posa confortablement ses coudes sur la porte. Il semblait nerveux, rude et sec comme un buisson d'épines. Sa figure et sa main, repliée autour du fourneau d'une vieille pipe de terre, avaient la couleur du hareng fumé. Ses petits yeux nous fixaient en clignotant à travers des lunettes à monture d'acier qui ajoutaient à son air d'antique sagesse. Il nous examina d'un air perspicace, de nos vêtements encore humides jusqu'à nos cheveux raides de sel. Quand il se mit à parler, il avait une voix douce et un peu enrouée, comme s'il ne s'en servait pas souvent.

— Vous êtes tombés à la mer, déclara-t-il. J'imagine que votre bateau a coulé, avec cette tempête.

Nous avons acquiescé. Il s'appuya plus commodément sur la porte et leva la main pour bourrer sa pipe.

— Ça vient justement à l'appui de ce que je dis toujours.

Il soupira avec un mélange d'exaspération et de satisfaction : « Il devrait y avoir ici une conserverie de poissons. Alors, vous n'auriez plus à vous donner le mal d'aller pêcher par une nuit de tempête, sur un méchant bateau. Vous travailleriez à la conserverie et vous ramèneriez votre paye chaque fin de semaine, comme des lords, au lieu de risquer votre vie tous les jours et de vous arracher les membres sur l'océan en furie. Voilà ce que je leur ai dit, au Ministère. Deux cent quarante-sept lettres qu'ils ont reçues, au Ministère, à propos de cette conserverie — et pas une seule avec un timbre ! »

Ses yeux étincelaient. Pat jeta, d'une voix un peu frémissante :

— S'il vous plaît, Monsieur, nous avons faim...

— Vous voyez, poursuivit-il, si vous travailliez dans ma conserverie, vous n'auriez pas faim ! Pourquoi ? Parce que vous seriez des hommes riches ! Parce que vous auriez de l'argent plein vos poches...

— Mais, qui attraperait le poisson ?

Je n'avais pu m'empêcher de poser la question, malgré mon exaspération. Deux secondes après, je souhaitais n'avoir rien dit. Il tourna vers moi un œil méprisant, luisant de colère derrière ses verres.

— Ce sont les gens comme vous qui mènent ce pays à sa ruine, s'écria-t-il. Des gens sans clairvoyance, sans esprit d'aventure, sans imagination. Des gens à l'esprit étroit, mesquin. Des gens qui ne s'occupent que d'eux-mêmes.

Il eut un petit rire léger : « Naturellement, vous devez être de l'une des îles. J'ai entendu dire qu'on était très arriérés, par là-bas ! »

— On est peut-être arriérés, éclatai-je furieusement, mais on ne laisserait jamais quelqu'un d'affamé faire le pied de grue sur le pas de la porte. On l'inviterait à entrer et à s'asseoir près du feu. Voilà ce qu'ils feraient, les gens des îles, pour peu qu'ils aient une langue. Ils l'aideraient, au lieu de lui lancer à la tête de grands discours à propos d'usines à fabriquer des poissons avec des petits cailloux, pour les vendre aux fées !...

— Doucement, Danny ! me dit Pat d'une voix apaisante.

Notre homme était profondément blessé, mais il nous ouvrit enfin sa porte.

— Entrez donc, fit-il avec raideur. Vous avez raison, bien sûr. J'aurais dû vous inviter à entrer dès le début. Je n'ai pas grand-chose à vous offrir, mais tout ce que j'ai est à vous.

J'avais un peu honte, à présent, et pourtant il avait sûrement été aussi peu courtois que moi-même. Cependant, quelque chose dans les mots qu'il employait, ou dans sa manière de s'effacer avec dignité pour nous laisser pénétrer dans la cuisine, me fit comprendre qu'il était quelque peu différent de la plupart des gens de nos régions. Peut-être l'explication se trouvait-elle dans la longue étagère remplie de livres écornés, près de la cheminée, car il s'exprimait en homme cultivé.

Le feu était petit mais très brillant. Nous nous sommes assis de chaque côté et notre hôte s'est agenouillé entre nous pour remettre de la tourbe. Bientôt nos vêtements fumaient et une douce chaleur pénétrait nos mollets. Au fur et à mesure que le bien-être gagnait tout mon corps, je sentais s'évanouir la peur terrible qui me restait des événements de la nuit précédente. J'ai noué les bras autour de mes genoux, heureux d'être en sécurité sur la terre ferme. Je crois bien que jusqu'à cette minute, je m'étais presque attendu à voir un long bras glacé s'étendre vers nous pour nous replonger tous deux dans l'océan amer.

J'ai commencé à examiner avec intérêt la petite maison. Elle se composait d'une seule pièce, si l'on ne comptait pas la soupente ouverte qui surplombait une partie de la cuisine. Il y avait là-haut une foule de chats, qui tendaient le cou l'un après l'autre pour regarder ce qui se passait. Comme le feu brûlait plus fort, ils se mirent à descendre précautionneusement par l'échelle branlante dressée dans le coin. Arrivé au pied de l'échelle, chacun s'étirait, bâillait, puis venait sans bruit, à pas de velours, auprès du feu. Ils se sont assis en cercle, nous jetant de temps à autre des regards obliques, avec la discrétion qui les caractérise.

Aussitôt que les grands furent installés près de l'âtre, une armée de tout petits vint prendre position derrière eux. Il y en avait de toutes les tailles, depuis les bébés chancelants, âgés d'une quinzaine de jours, jusqu'aux voleurs de grand chemin de près de six mois, aux épaules étroites et à la queue effilée. Il en sortait de derrière les armoires, derrière les sacs, et du vieux lit de fer dans le coin. Certains d'entre eux, nous nous en rendions compte maintenant, étaient même juchés sur le buffet, parmi les tasses et les assiettes.

— J'aime les chats, annonça notre hôte. Je ne saurais pas quoi faire du lait de ma vache si je ne les avais pas.

— Vous en êtes vraiment bien fourni, M'sieur, dit Pat.

— C'est vrai. Ce que j'aime par-dessus tout, avec eux, c'est qu'ils me laissent parler...

Je n'osai pas rencontrer le regard de Pat, nous risquions d'éclater d'un rire qui offenserait notre hôte.

— On m'appelle Luke-les-Chats, continua-t-il. C'est un nom honorable. Je préférerais être surnommé Luke-les-rats, ou même Luke-les-cancrelats, plutôt que juste Luke Faherty comme on l'inscrira sur ma tombe. Se distinguer d'une façon ou d'une autre : voilà ce qu'il faut.

J'avais sur le bout de la langue de suggérer qu'on pourrait aussi bien l'appeler Luke-la-conserverie, mais j'ai refréné mon impulsion.

Il sortit un plat peu appétissant de pommes de terre bouillies froides et remplit deux chopes ébréchées d'un lait caillé qu'il fit couler du bidon avec force glouglous. Une grande éclaboussure de lait zébra le plancher. Quelques chats allongèrent le cou pour le laper à la dérobée.

Ensuite, Luke approcha trois tabourets de la table encrassée sur laquelle il avait dressé ce repas peu alléchant et nous dit :

— Arrivez donc et mangez tout votre soûl. Vous m'excuserez si je ne vous accompagne pas, mais je n'ai que ces deux chopes...

Il n'y avait rien d'autre à faire que s'installer à table et se mettre à manger. Luke prit place également, par politesse, et nous observa anxieusement pour voir si nous étions satisfaits de notre repas. Il nous prêta son couteau de poche pour peler les pommes de terre. Il nous pressa d'en tremper les morceaux dans le lait aigre, assurant que cela leur donnerait une saveur aussi agréable que si on les avait salés.

— Pommes de terre et lait caillé — voilà de quoi je me nourris, nous confia-t-il. Et je suis frais comme un gardon à ce régime-là !

Sur ce, il se lança dans un long discours sur les

méfaits de la bonne chère. Il dit qu'elle rendait les gens mous et sans forces. Il soutint que du temps de son grand-père, les hommes étaient plus grands d'au moins vingt centimètres et qu'ils pouvaient passer trois jours dehors sur leurs bateaux de pêche sans dormir. L'ennui qu'il provoquait en nous détournait nos esprits du goût exécrable de ce que nous étions en train de manger et c'était tant mieux. Nous avons réussi à avaler chacun plusieurs pommes de terre et, en fermant les yeux, à faire descendre le lait par-dessus le tout.

De retour près du feu, je me suis aperçu que la nourriture m'avait ragaillardi. J'ai constaté que les yeux de Pat étaient tout pétillants et, un moment plus tard, il se penchait vers moi au-dessus du feu en murmurant :

— Dans le temps jadis, Danny, je parie que les grands types mangeaient les petits pour compléter leur bon régime de pommes de terre et de lait !

J'ai eu un petit rire étouffé. Luke s'est détourné de la table qu'il était en train de débarrasser et j'ai été obligé de prétendre que l'un des chats m'avait griffé. Il me regarda fixement un moment, mais il était trop poli pour exprimer sa pensée, à savoir que j'avais taquiné ses chats. Je fus sauvé par le plus gros matou qui choisit cet instant précis pour sauter sur mes genoux et s'y pelotonner en ronronnant. Je lui ai gratté la tête avec reconnaissance. Le visage de Luke perdit son air soupçonneux et il se tourna de nouveau vers la table.

Nous avons gardé le silence jusqu'à ce qu'il ait fini de placer les restes de notre repas dans un baquet de bois.

— C'est pour la veuve Joyce, expliqua-t-il, une pauvre âme bien méritante, qui possède trois cochons. J'ai scrupule à gâcher de la bonne nourriture. J'ai bien pensé à élever un cochon, mais je ne peux les supporter. Ce sont des bêtes sournoises, désagréables, tout en ventre et en mensonges. Un cochon vendrait sa propre mère, oui, sûr qu'il le ferait !

Il proféra ces derniers mots d'une voix si dure, si âpre que j'aurais aimé lui demander quelles avaient été ses expériences personnelles avec les porcs. Mais nous n'avons pas dit un mot, et il est venu s'asseoir entre nous, face au feu, nous regardant tour à tour avec anxiété, avec aussi une touchante expression de curiosité. Hormis sa première remarque sur le fait que nous étions rescapés d'un naufrage, il s'était efforcé de ne manifester aucun intérêt pour la façon dont cela s'était passé. Tout en l'observant, je me surpris à évaluer l'allié qu'il ferait. Il pouvait aller où bon lui semblait sans avoir à rendre compte de son absence à qui que ce soit, si ce n'est à sa vache et à ses chats... Il n'était pas cancanier, autant que je pouvais en juger. Et c'était un homme plein d'idées, capable de comprendre notre désir de garder le poulain et la pouliche pour Pat. Son enthousiasme pour sa conserverie le prouvait, bien que je me sois moqué de lui...

— Pat, déclarai-je, je crois que nous devrions raconter à M. Faherty ce qui nous est arrivé. Peut-être qu'il pourrait nous aider, à présent ?

CHAPITRE XI

OÙ NOUS NOUS FAISONS UN AMI PRÉCIEUX

— Ne dites pas Monsieur Faherty, appelez-moi Luke, c'est plus sympathique.

D'une saccade il rapprocha son petit tabouret et pencha la tête de côté avec un air d'attente, comme un chien qui se doute qu'on va l'emmener à la poursuite du troupeau. Il semblait si amical que Pat se décida à lui faire confiance. Mais d'abord il lui demanda de garder le secret le plus absolu sur tout ce que nous allions lui raconter. Pour l'heure, Luke aurait promis n'importe quoi.

Pendant tout le temps que nous lui faisions le récit de notre débarquement sur l'île, de notre découverte des chevaux et de notre enlèvement par les deux hommes déguisés en gardes, il n'arrêta pas de faire de petits bonds et de pousser des cris d'excitation, ce qui était un spectacle fort drôle. Les chats étaient très contrariés de ce manque de dignité. Un par un, ils s'écartèrent de lui avec raideur pour aller s'asseoir en un demi-cercle plein de désapprobation à quelque distance du foyer.

— Et maintenant, nous ne savons plus quoi faire, terminait Pat. Nous voulons retourner à l'île des Chevaux pour chercher la pouliche, mais nous n'avons pas de bateau. Et si nous avions un bateau, de toute façon, il y aurait encore la grand-mère. Elle en mourra si nous y allons sans elle. Et puis, il y a aussi le poulain. J'ai dit à cette espèce de voleur, sur le rafiot, où on pouvait le trouver. Nous ne savons par quel bout commencer, ça, c'est un fait !

— Commencez par aller trouver les gardes, conseilla Luke.

Le cœur me manqua. Les yeux de Pat flambèrent une seconde et s'éteignirent aussitôt. Luke vit l'effet que produisait sa suggestion aussi nettement que si nous avions poussé des hurlements.

— Attendez une minute, reprit-il d'un ton persuasif. À supposer que ces deux types aient été jetés à la côte dans les parages, est-ce que ça ne serait pas formidable de les faire arrêter par les gardes ?

— Je ne vois pas pour quelle raison ? questionnai-je, dubitatif.

— Pour s'être fait passer pour des gardes, pardi ! s'écria Luke. Nos gardes vont sentir leur sang bouillir à cette pensée, et ils n'épargneront pas leur peine pour retrouver les deux lascars. Ils demanderont de l'aide aux gardes de Roundstone, de Carraroe, de Clifden et de toute la côte. Ils seront drôlement occupés jusqu'à ce qu'ils les attrapent. Un esprit oisif est l'atelier du diable ! conclut-il sentencieusement.

C'était un plan excellent, nous nous en rendions compte maintenant. Si les gardes arrivaient à l'île des Chevaux avant nous, ils saisiraient certainement tous les chevaux jusqu'à ce qu'ils aient découvert lesquels avaient été volés et lesquels étaient sauvages. Comme Luke le fit remarquer, la pouliche serait grand-mère quand la loi finirait par décider de la remettre à Pat. Il assura qu'il connaissait bien Mike Coffey, et qu'il s'était souvent demandé pourquoi il avait davantage l'air d'un pirate que d'un marchand ambulant. On n'a pas une tête comme celle de Mike pour rien, affirmait Luke.

— Et pour ce qui est du bateau, continua-t-il, j'ai ma propre barcasse en bas, au quai. Elle n'est pas grande, mais très maniable. Le petit vent de la nuit dernière ne lui aurait pas fait plus de mal qu'un soupir. Elle ira parfaitement jusqu'à l'île des Chevaux.

— À quelle distance se trouve le quai ? demanda Pat.

— À peu près à un mille irlandais, répondit Luke, mais nous allongerons le pas et nous ne mettrons pas longtemps à y arriver. Le poste des gardes est tout près du quai, juste au milieu du village.

Le village était Kilmoran. Je n'y étais encore jamais allé, mais les jours de pêche j'avais souvent aperçu, depuis le large, le petit groupe de maisons blanches et roses. Nous avons recouvert le feu de cendres et enfermé tous les chats dans la maison. Puis nous sommes partis par la grand-route en direction de Kilmoran.

C'était une route sablonneuse, longue et pénible, avec la mer à main droite et les montagnes à gauche. À trois cents mètres environ de la maison de Luke, nous sommes arrivés à un endroit où quelques arpents de mauvaise terre avaient été arrachés à la montagne. Une masse de fuschias et de buissons d'épineux dissimulait une maison longue et basse, blanchie à la chaux. Nous avions à moitié remonté l'allée qui y conduisait lorsque Luke s'arrêta et se mit à trompeter :

— Êtes-vous là, M'dame Joyce ? Êtes-vous là ?

Une femme d'un certain âge, nette, avec une figure avenante, apparut sur le pas de la porte. Elle s'exclama, d'une voix haut perchée comme un chant de courlis :

— Je suis ici, Luke. Est-ce que vous ne savez pas parfaitement bien que je suis toujours ici !

— Voudrez-vous traire la vache pour moi, M'dame Joyce, et donner à manger aux chats ? Et ne laissez pas le feu s'éteindre ! Je m'en vais courir la prétentaine pendant quelques jours. Il y a à manger pour vos trois brigands de cochons, dans le baquet à la porte de derrière.

« Et ne laissez pas la vache aller dans les choux ! Et ne laissez pas les gros chats boire tout le lait sous le nez des petits ! Et ne laissez pas la porte ouverte la nuit, ou je reviendrai pour trouver le renard assis auprès du feu comme n'importe quel chrétien... Et fermez votre propre poulailler quand vous partirez. Est-ce que je vous ai dit que j'ai vu le renard, M'dame Joyce, qui me surveillait, cet effronté, pendant que je trayais la vache ? Est-ce que je vous ai raconté ça ?

— Oui, Luke, vous me l'avez raconté, cria Mme Joyce. Et je vais y aller tout de suite et faire tout ce qu'il faut !

— Et n'allez pas vous amuser à laver ma table de cuisine, clama Luke. Ça enlève l'huile du bois. Et ne laissez pas les enfants aller près des chats, de crainte qu'ils ne les mordent !

La dernière phrase était venue après coup. On ne voyait pas très clairement si Luke craignait que les chats ne mordent les enfants, ou que les enfants ne mordent les chats ! La veuve Joyce se contenta de rire et nous fit adieu de la main. Tandis que nous repartions d'un pas alerte vers la grand-route, Luke nous confia :

— C'est une brave femme, et une bonne voisine.

Nous avions quelque difficulté à garder la même allure que lui, car il se déplaçait par grands bonds comme une chèvre des montagnes. Cependant cela valait sans doute mieux pour nous car cela nous obligeait à utiliser au maximum nos muscles rouillés. Quand nous sommes arrivés à Kilmoran, l'exercice nous avait mis en sueur et nos doigts et nos orteils cuisaient.

Le soleil était haut à présent, rond et clair dans un ciel bleu. Le village de Kilmoran était situé au bord d'un petit golfe, ses maisons disposées en demi-cercle face à la mer scintillante. Juste au centre, comme l'avait dit Luke, il y avait le poste des gardes. C'était un bâtiment neuf, tout blanc, à deux étages, avec un petit jardin clos devant. D'un côté de l'allée, il y avait une petite pièce de gazon tendre et, pelotonné dans l'herbe, comme une vache dans un pré, il y avait un garde immense. Profondément endormi, il respirait doucement, calmement, son lourd visage empourpré et luisant.

— Regardez-moi ça ! s'exclama Luke, appuyant ses coudes sur le muret du jardin. Ce que c'est que d'avoir la conscience tranquille !

Et brusquement, il se mit à brailler : « Johnny ! Johnny ! Les Français ont débarqué, le poste est en feu ! »

Le géant sauta sur ses pieds d'un bond terrible. Il tourna sur lui-même, affolé, les yeux égarés, puis il vit Luke. Aussitôt son expression se transforma en un air extrêmement penaud et il dit d'une toute petite voix :

— Oh ! écoute, Luke, mon gars, c'est pas permis d'effrayer les gens comme ça !

— Entre avec moi, dit Luke doucement, et je t'épouvanterai encore plus... Où est le sergent ?

— Il est en bas, en train d'acheter du tabac chez Geraghty. C'est vraiment un mordu de la pipe !

Ils envoyèrent Pat chercher le sergent, tandis que nous entrions tous dans la salle de garde. J'étais très nerveux en attendant leur retour, car je craignais que nous ne réussissions pas à raconter notre histoire sans livrer trop de renseignements. Mais je m'étais inquiété pour rien. Le sergent était un homme mince, au visage froid, qui n'était pas partisan d'encourager les gosses. Il invita Luke à raconter l'affaire et ne nous posa ensuite qu'une ou deux questions faciles, sur un ton amical, mais légèrement condescendant.

Comme Luke l'avait prédit, la pensée que quelqu'un se permettait de porter leur uniforme dans un but criminel les remplit de rage froide. Ils se promirent, en nous prenant à témoin, de remuer ciel et terre jusqu'à ce qu'ils aient retrouvé les deux hommes, morts ou vifs. Afin de pouvoir se mettre en chasse sans perdre un instant, ils pressèrent Luke de nous ramener au quai et de nous reconduire à Inishrone dans sa barge.

Rien ne pouvait nous convenir davantage. Nous les avons laissés occupés à prendre leurs armes au râtelier et nous avons filé.

Par une si belle journée, il n'y avait que peu d'hommes dans les parages. La plupart d'entre eux étaient partis à la tourbière ou aux champs. Par contre, il y avait beaucoup de femmes et j'ai eu l'impression qu'elles étaient toutes sorties pour surveiller notre embarquement. Certaines se tenaient sur leur seuil comme pour admirer le soleil du matin. D'autres faisaient semblant de se précipiter pour une course urgente.

Mais il y avait aussi un solide bataillon qui montait à l'assaut du quai. Elles nous ont épluchés de la tête aux pieds. Elles ont inspecté l'intérieur de la barcasse de Luke comme si elles ne l'avaient jamais vue jusque-là. Elles se sont fait remarquer les unes aux autres qu'il n'y avait ni casier à homard, ni filet de pêche. Elles ont dit qu'elles ne nous avaient pas vus débarquer. Elles ont dit que nos vêtements étaient en toile de l'île, pas l'île d'Aran, mais celle d'Inishrone. Elles ont dit que Luke avait l'air d'un homme parti pour faire quelque chose de très important. Luke ne jeta pas un seul regard vers elles, mais je pouvais voir des gouttes de sueur sur son front tandis qu'il hissait la petite voile de la barque. Juste au moment où nous allions larguer les amarres, une grosse femme à tête de canard se propulsa jusqu'à l'extrémité de la jetée et dit d'une voix sucrée :

— Luke, mon gars, si tu vas jusqu'à l'île, tu pourrais peut-être m'emmener avec toi ? Je ne prendrai pas plus de place qu'un enfant et je pourrai t'aider si le vent devient plus vif... Je sais me servir d'un bateau, pour sûr !

Luke jeta un regard appuyé sur la circonférence de sa large jupe de flanelle rouge et répondit :

— Non, merci bien. C'est vraiment gentil à toi, Maggie. Mais il faudrait que je commence par jeter le lest par-dessus bord !

Sur ce, nous avons levé l'ancre, laissant Maggie sur le quai, transportée de fureur, entourée de l'essaim gloussant de ses voisines.

Bien qu'il y eût une bonne brise, le soleil brillait d'un éclat si vif que nous pouvions voir les petits cailloux qui reposaient au fond de la mer. Nous étions tous fâchés de devoir rester tranquillement assis dans un bateau au lieu de nous lancer à la poursuite de nos ennemis. Luke était encore pire que nous. Il n'arrêtait pas de s'agiter sur la barcasse, ajustant des cordages et étudiant l'angle du vent dans son impatience. En même temps, il assurait que le moindre de nos mouvements retardait la marche du bateau. Nous faisions tout ce qu'il nous disait de faire et, à la fin, il s'est assis sur un banc de nage et il a poussé un profond soupir.

— Vous êtes sûrement en train de penser que ça ne tourne pas rond dans ma tête, a-t-il dit simplement.

Nous lui avons affirmé qu'il n'en était rien, mais je dois admettre que je commençais à me demander si un homme aussi surexcité n'allait pas être plus gênant qu'utile.

— Un homme fait devrait avoir plus de sens commun que je n'en montre, continua Luke avec abattement. J'adore m'en aller comme ça à l'aventure, sans prévenir. Mais c'est qu'il n'y a pas que ça. Voyez-vous, ce ne sera pas ma première visite à l'île des Chevaux. N'ayez pas l'air si déçus, ajouta-t-il gentiment. C'est vrai que presque personne ne va là-bas. Ça fait plus de vingt ans que j'y suis allé, quant à moi, et j'ai eu une telle frayeur que je n'y suis jamais retourné. Des fantômes de chevaux, sortant du néant : voilà ce qui m'a épouvanté. Je n'en ai jamais parlé à âme qui vive, parce qu'on se serait moqué de moi.

« C'est la curiosité qui m'avait amené là, au début. Mais j'ai presque démoli mon cher vieux bateau en essayant d'accoster et c'est seulement le lendemain matin que j'ai réussi à le remettre d'aplomb. Je n'ai pas quitté l'appontement de toute la nuit. Il faisait noir comme dans un four. On ne voyait pas sa main devant soi. Je me suis endormi sur le bateau et, au beau milieu de la nuit, j'ai été réveillé par un vacarme de hennissements de chevaux et de sabots galopants qui couvrait le fracas du vent. Mes cheveux se sont dressés sur ma tête, je ne vous le cache pas. J'ai cru que ma dernière heure était venue.

— Et qu'est-ce que vous avez fait ?

— J'ai dit mes prières, avoua Luke avec simplicité. Oh ! ça a fait de moi un homme pieux, pas d'erreur. J'ai filé le jour suivant. Le vent était un peu tombé avec la marée. Mais, jusqu'à ce que je rencontre un homme qui avait levé l'ancre de la jetée de Kilmoran et qui m'a dépassé dans la journée, je ne savais pas trop si c'était moi-même ou mon fantôme qui était dans le bateau !

Il disait cela d'un ton si grave que nous n'avons pas osé en rire. À côté de cela, nous nous rappelions notre propre terreur quand nous avions entendu le galop des chevaux près de la vieille forge, lors de notre première nuit sur l'île. Pat a constaté :

— Ainsi donc, les chevaux sauvages étaient là-bas il y a plus de vingt ans… Et c'était bien avant que Mike Coffey n'arrive dans le coin.

Si l'on en croyait Mike Coffey, il avait aidé à gérer l'État de New York jusqu'au moment, une dizaine d'années plus tôt, où il avait décidé de rentrer en Irlande pour y finir ses jours. Pat était entièrement satisfait de l'histoire de Luke. Maintenant que le dernier doute était levé, nous nous rendions compte que nous n'avions jamais tout à fait cru que les chevaux sauvages aient pu survivre pendant toutes ces années.

Nous nous dirigions en premier lieu sur Rossmore, pour avertir Corny O'Shea de redoubler de vigilance avec le poulain. À présent, en plein cœur de l'océan, nous n'étions plus abrités par la moindre côte et le canot a commencé à s'agiter. Chaque fois qu'il grimpait, plongeait, craquait, tous les muscles de mon corps se tendaient sous l'effet de la peur. Je me disais : « Je ne connais pas ce bateau. Il a l'air très vieux ; sans doute Luke ne passe-t-il pas beaucoup de temps à l'entretenir, il est bien trop occupé à écrire des lettres au sujet de sa conserverie de poissons ! Il sait mener un bateau, d'accord. Mais je n'ai jamais entendu un bateau faire ce bruit-là... Pourquoi cette poulie cogne-t-elle ? Et le foc est si loqueteux que les mouettes pourraient passer par les trous ! Et Dieu seul sait quand la coque a été passée au goudron pour la dernière fois ! »

Avec angoisse, furtivement, j'ai regardé si l'eau ne pénétrait pas. Qu'est-ce que je voyais donc luire entre les pierres ?

Quand j'en fus là, j'ai levé les yeux vers Pat, et j'ai été tout étonné de le voir, les yeux fixes, grands ouverts, jetant de brefs regards terrifiés sur le bateau, puis au loin sur la terre ferme. Je pris conscience d'un coup que je devais avoir exactement la même allure pour ceux qui me voyaient. Le rouge au front, j'ai relevé les yeux vers Luke. De l'autre bout du bateau, il nous observait avec compassion.

— Bien sûr, je suis vraiment idiot, fit-il amèrement. Après tout ce que vous avez supporté l'autre nuit ; pauvres mômes, vous amener ici sur une barque non pontée, par temps de vent, et m'attendre que vous y preniez plaisir !

— Nous ne sommes pas toujours comme ça, plaida Pat, essayant pitoyablement de sourire.

Cela se termina dans un long cri tremblotant, pareil à celui d'une mouette, quand une petite éclaboussure d'écume donna une chiquenaude à sa main, posée sur le plat-bord. J'ai sursauté à ce bruit, et cela a fait tanguer la barcasse. Deux secondes plus tard, nous étions tous deux accroupis au fond sur le plancher.

— Restez là, restez-y donc, dit Luke, jusqu'à ce que votre peur se calme ; ensuite, nous chanterons un vieil air pour passer le temps.

— Chanter ? avons-nous croassé à l'unisson, n'en croyant pas nos oreilles.

— Mais oui, assura Luke avec gentillesse. C'est la meilleure façon que je connaisse pour guérir la peur. Je commencerai et vous vous joindrez à moi dès que vous vous en sentirez capables.

Et il attaqua, avec une chanson que nous connaissions bien, où il était question d'un laboureur vagabond qui dédaignait de travailler régulièrement pour les puissants fermiers qui venaient à cheval louer ses services. À la fin du troisième couplet, Luke avait l'air si vexé de notre silence que je me suis joint à lui par politesse. Il avait une voix haute, étonnamment musicale, et chantait avec une grande énergie. À la fin de la première chanson, il entonna la seconde sans attendre. C'était un air dont le refrain répétait sans arrêt, avec une colère grandissante : « C'est une pitié, une pitié, une pitié, que je n'aie pas épousé Charley ! » Pat se mit de la partie, cette fois, et avant même d'en être à la moitié nous bramions au moins aussi fort que l'auteur de la complainte aurait pu le souhaiter.

Arrivés à la fin et devant un tel succès, Luke reprit le même chant. Peu à peu, nous nous sommes souvenus d'autres airs que nous voulions chanter nous aussi. Quand nous avons atteint Rossmore, il y avait longtemps que nous avions oublié nos craintes et c'est à regret que nous avons terminé notre concert.

Nous ne sommes pas entrés hardiment dans la rade de Rossmore. Il y avait là quelques bateaux et, bien qu'il n'y eût aucun mouvement à leur bord, nous avions tout de même peur de nous trouver contraints à de longues explications qui nous auraient retardés. À une centaine de mètres à l'ouest de la jetée, Luke fit glisser la barque parmi les gros rochers, avec autant d'aisance que s'il avait conduit un cheval.

— C'est l'heure du déjeuner, nous dit-il. Personne ne viendra par là d'ici un bout de temps. Allongez-vous bien au fond du bateau jusqu'à ce que je revienne. Vous serez plus en sûreté ici. Je vais faire un saut jusque chez Corny O'Shea et lui dire d'emmener le petit poulain dans un meilleur coin. J'apprendrai bien quelques petites nouvelles aussi, vous pouvez en être sûrs.

Il sauta à terre avant que nous ayons pu répondre et se mit à gravir la plage accidentée sans jeter un seul regard en arrière. Pat et moi nous nous sommes regardés, désemparés.

— Est-ce qu'il sait où se trouve la maison de Corny ? questionnai-je enfin.

— Mais oui. Tu ne te rappelles pas ? Il nous

l'a justement demandé quand nous lui racontions notre aventure.

Attendre son retour nous fut un véritable supplice. Nous observions la mer et la côte tout à la fois, pour voir si des bateaux ne venaient pas des îles vers Rossmore, ou si quelques curieux ne descendaient pas jeter un coup d'œil sur notre bateau. Nous étions également à l'affût de signes indiquant que Luke nous aurait trahis. Je crois bien que jusqu'au moment, une grande heure plus tard, où il a reparu sur le rivage, seul, nous n'aurions pas été surpris de découvrir qu'il était l'ami de Mike Coffey. Au cours de cette heure, nous avons eu tout le temps de penser. Il nous semblait maintenant que nous avions fait confiance à Luke sur de bien faibles apparences. Pas plus tard que la veille, nous nous étions remis entre les mains de deux étrangers, qui pour un peu nous auraient rayés des vivants.

— Oh ! Danny, quand donc ferons-nous preuve de jugeote ? soupira Pat. Ce n'est pas un cerveau que nous avons dans la tête, mais de la bouillie, de la soupe, ou de la sciure ! Peut-être que nous devrions remettre cette barque en route à la minute même et aller tout seuls à l'île des Chevaux ?

J'ai tout de même pris la défense de Luke.

— Pense à ce visage franc, honnête qu'il a, comparé aux deux autres, dis-je. Pense à ces flots d'éloquence. Tout ce qu'il nous a dit montre qu'on peut se fier à lui.

— C'est vrai, convint Pat à ce rappel. Si c'était un ami de Mike Coffey, il aurait jeté les vieilles pommes de terre dans le feu, plutôt que les mettre de côté pour les cochons de quelqu'un.

— Et Mme Joyce, elle est claire comme le soleil, repris-je, et elle avait l'air très amie avec lui.

C'est à ce moment que nous avons vu Luke revenir vers nous en escaladant les rochers. Heureusement que nous en étions à ce point précis de notre discussion, car il nous a fixés d'un regard pénétrant, comme pour voir si nous étions toujours des alliés. Ce qu'il constata dut lui faire plaisir. Il est monté à bord et a poussé au large immédiatement, avec son énergie habituelle. Nous n'avons pas posé de questions, mais nous avons hissé la voile aussi vite que nous avons pu. Elle s'est gonflée sous la bonne brise du sud-ouest.

— Et maintenant, annonça Luke, en route pour Inishrone ! Nous prendrons la grand-mère au passage et puis, tout droit sur l'île des Chevaux !

CHAPITRE XII

OÙ LA GRAND-MÈRE S'EN VA NAVIGUANT...

Tout en nous racontant les nouvelles qu'il avait glanées au cours de sa visite chez Corny, Luke n'arrêtait pas de sortir de ses poches de gros quignons de pain bis. Il avait aussi deux petits morceaux de lard, avec les compliments de Mme O'Shea, qui regrettait que nous ne soyons pas venus avec lui pour avoir un déjeuner convenable.

— Oh ! c'est une chic femme, bien gentille, dit Luke. Je n'étais pas depuis dix minutes dans la maison qu'elle m'avait déjà installé à table, avec une montagne de nourriture devant moi, comme il pouvait y en avoir devant Finn Mac Cool dans les vieux contes. À vous de manger, à présent, et je vous raconterai ce que j'ai appris.

Le pain était imprégné d'une forte odeur de poisson, provenant des poches de Luke. En fait, tout ce qui touchait à Luke sentait le poisson comme s'il était phoque lui-même ! Ça ne nous gênait pas du tout, bien sûr, et nous lui étions très reconnaissants de nous avoir apporté à manger.

— La première chose que je dois vous dire, c'est que le poulain est en pleine forme, commença Luke. Ils l'ont déménagé ce matin, et l'ont emmené en montagne, dans une caverne de bergers. Le neveu de Mme O'Shea, Batty Kelly, est avec lui, et ils ne manquent de rien.

— Pourquoi l'ont-ils emmené ? s'enquit Pat aussitôt.

— Parce que ton père était là ce matin, au point du jour, à votre recherche, répondit Luke. Tout le monde disait que vous ne seriez certainement pas partis, de votre plein gré, si vite et sans dire un mot à quiconque. Ils ont pensé que votre disparition avait peut-être quelque chose à voir avec le poulain, si bien qu'ils l'ont emmené dans une cachette, pour plus de sûreté.

— Et qu'a fait mon père quand il n'a pas trouvé trace de nous à Rossmore ? interrogea doucement Pat.

— Ça ne lui a pas plu, dit Luke avec emphase. Ça ne lui a pas plu du tout, c'est un fait. Il semble qu'un insulaire ait vu votre étrange rafiot faire voile vers Rossmore, c'est du moins ce qu'il a cru. Il ne l'a pas observé longtemps, à ce qu'il a dit, parce qu'il s'éloignait de Garavin et qu'il en a eu assez de tourner la tête. Il ne l'aurait même pas remarqué, il a dit, sans cette curieuse façon qu'il avait de battre l'eau de sa queue, comme un requin-pèlerin ou un marsouin cherchant à prévenir qu'une tempête se préparait.

— Que Dieu le bénisse ! s'écria Pat avec un peu d'impatience. Est-ce que mon père a dit ce qu'il avait l'intention de faire ?

— Il a dit qu'il allait rentrer à Inishrone demander à tous les hommes de l'île de sortir leurs bateaux pour se lancer à la poursuite du rafiot. Corny O'Shea lui a répondu qu'il serait plus astucieux d'y envoyer les gardes avec le canot de sauvetage. Alors ils se sont tous deux rendus au poste voir le sergent. J'aimerais bien goûter un peu de ton morceau de pain, mon gars, pria soudain Luke, d'un ton d'excuse.

J'en ai rompu un morceau que je lui ai tendu sans un mot. Pendant ce temps, la main de Pat se crispait sur le devant de son chandail comme si elle avait une vie propre, indépendante de son propriétaire. Son visage se tordait dans un paroxysme d'impatience. Luke, examinant son bout de pain avec intérêt, ne semblait rien remarquer. Je me suis dépêché de demander :

— Qu'est-ce que le sergent a dit ?

— Le sergent a sorti le canot, c'était bien chic à lui, et ils ont suivi la côte en tous sens pendant un petit bout de temps jusqu'à...

— Jusqu'à quoi ?

— Jusqu'à ce qu'ils découvrent le mât d'un

rafiot échoué sur les rochers, vers Lettermullen. Mais ils n'ont rien trouvé d'autre que le mât, se hâta-t-il de poursuivre.

Il avait tout de suite compris la pensée qui nous avait traversé l'esprit ! « Il y avait une corde autour du mât, une sorte de long cordage qui traînait, comme s'il avait été détaché par vos deux copains quand ils ont touché terre. »

— Et qu'est-ce que mon père en a conclu ? interrogea Pat très calmement.

— Il en a conclu que ce n'était plus la peine de vous chercher, répondit Luke. Le sergent était plus optimiste. C'est lui qui a dit que le mât semblait avoir été utilisé comme une sorte de bouée de sauvetage. Ils sont tous allés au poste de Lettermore et le sergent a envoyé ses hommes enquêter pour savoir si quelqu'un avait été ramené par la marée. Au bout d'une heure environ, ils ont trouvé vos deux amis en train de boire verre sur verre dans la maison d'un montagnard, tout déconfits et disant de bien vilaines choses sur le compte de Mike Coffey.

— Sur Mike ! Est-ce qu'ils ont donné son nom aux gardes ?

— Donné son nom ? — Luke riait de contentement. — Pour autant que je peux en juger, il n'y aurait pas de quoi remplir un dé à coudre avec les noms qu'ils ne lui ont pas donnés ! Ils ont dit aux gardes qu'il aurait fallu un bateau rudement solide pour le travail qu'ils devaient faire cette nuit-là. Ils ont dit que Mike Coffey méritait la prison pour les avoir envoyés sur un aussi méchant rafiot. Ils ont dit que leurs malheurs venaient de ce qu'ils étaient grands, que c'était pour ça que Mike les avait choisis pour ce boulot, parce que les uniformes leur allaient si bien.

« Oh ! ils font un fameux alcool dans les montagnes, pas d'erreur ! Après une lampée, vous raconteriez tous vos secrets de famille, et après deux vous avoueriez être l'auteur de l'incendie de San Francisco...

Bien que nous nous soyons donné tant de mal pour envoyer les gardes de Kilmoran à la recherche des deux hommes, nous n'étions pas du tout ravis qu'on les ait capturés si vite.

— Est-ce que vous avez pu savoir leur nom, demandai-je alors, et d'où ils viennent ?

— Ce sont des gars de Kerry, en tout cas c'est ce qu'ils ont dit aux gardes. C'est également le pays de Mike Coffey.

Au ton de Luke, il était facile de comprendre qu'il n'attendait pas mieux des hommes de Kerry : « Ils s'appellent Foxy et Joe. C'est tout ce que j'ai pu apprendre quant à leurs noms. »

— Et où sont-ils maintenant ?

— En route pour Galway. Ils vont être inculpés de vol d'uniformes, bien que personne ne sache comment ils ont pu se les procurer. Ça suffira pour commencer. Il y aura d'autres charges plus tard. Oh ! nous ne risquons plus de les voir de quelque temps, je suppose.

— Et Mike Coffey ? Qu'est-ce qu'on envisage de faire à son sujet ?

— On va lancer des poursuites contre Mike Coffey, dit lentement Luke. Tôt ou tard, ces poursuites conduiront à l'île des Chevaux. Il nous faut nous débrouiller pour y arriver avant les gardes, sans quoi c'en sera fait de nos chances de prendre votre pouliche et de la ramener chez vous.

— Ainsi donc, vous pensez que les gardes iront à l'île des Chevaux ? reprit Pat au bout d'un moment.

— Je ne sais trop que penser, en fait, avoua Luke désemparé. Tout ce que je peux dire c'est que plus tôt nous irons là-bas et y enlèverons ce que nous voulons, mieux ça vaudra. Après quoi, nous ne nous soucierons plus de qui y va, ni du temps qu'on y passe.

C'était le bon sens, nous le comprenions bien. La barcasse de Luke faisait de son mieux. Malgré tous ses craquements et grincements, ses voiles effilochées et sa coque éraillée, elle glissait sur la mer scintillante avec autant d'ardeur que si c'était son premier voyage. Luke la manœuvrait comme un as. Sans bouger plus qu'un doigt, il tirait parti du moindre soupir du vent. Son adresse faisait plaisir à voir et bientôt Pat lui fit le plus grand compliment qu'il pût imaginer :

— Luke, vous êtes aussi formidable avec un bateau que mon frère John !

Luke exhiba ses fortes dents blanches en un sourire ravi. Puis, j'ai demandé :

— Avez-vous entendu quelque chose à propos de Mike Coffey lui-même ? Ou sur l'endroit où il est allé hier, après avoir quitté Inishrone ?

— On dit qu'il est venu à Rossmore, répondit Luke. Il a laissé Andy au bateau et s'est rendu à la boutique de Stephen Costelloe où il est resté un moment. Il a bu un demi de bière et acheté une boîte d'allumettes pour sa pipe. Stephen l'a servi lui-même et l'a ensuite accompagné jusqu'au quai. Mike a repris la mer avec Andy, vers l'ouest, en direction de Clifden et on ne l'a pas revu depuis.

— Je n'avais jamais entendu dire que Mike et Stephen Costelloe soient amis, fit Pat d'un air de doute.

— Mme O'Shea m'a dit qu'ils s'entendaient comme larrons en foire, hier, déclara Luke.

Il s'arrêta brusquement : « Comme larrons en foire ? Vous avez entendu ce que j'ai dit ? Il y a souvent beaucoup de vrai dans ce qu'on dit à la blague. Je vous parie quarante sous que Stephen Costelloe trempe plus ou moins dans le trafic de chevaux de Mike, quel qu'il soit. »

Mais Pat ne voulait pas le croire. Il disait que Stephen était mesquin, comme chacun le savait, mais qu'il n'était sûrement pas malhonnête. Luke hocha la tête.

— D'après ce que j'ai pu voir dans la vie, expliqua-t-il, un homme à l'âme basse finit toujours par se laisser aller à toutes sortes de mauvaises actions, tôt ou tard. Il apprend à être toujours en règle avec sa conscience, parce que ça l'arrange. Pour finir, il n'a plus de conscience du tout, ou alors il en a une à l'écorce dure et glissante comme une peau d'anguille. Attention, je ne prétends pas que Stephen soit un voleur de chevaux. D'après ce que j'ai entendu dire, il est si riche qu'il n'a pas à se tourmenter. Mais il y a pas mal d'autres choses qu'il pourrait faire et qui ne supporteraient pas d'être étalées au grand jour !

— Quel genre de choses ? questionna Pat d'une voix brève.

— Je crois que tu pourrais faire quelques suggestions toi-même, répondit Luke.

Il ferma la bouche avec décision, comme pour bien faire comprendre qu'il n'en dirait pas plus. Pat ne desserra plus les dents d'un long moment. Je voyais bien qu'il tournait et retournait dans sa tête ce que Luke venait de dire et qu'il tentait de voir clair dans le petit esprit retors de Stephen Costelloe.

Pour ma part, je n'ai pas cherché à comprendre ce que Stephen pouvait projeter. Maintenant, nous approchions enfin d'Inishrone. Assis à l'arrière de la barcasse, je regardais croître l'île avec chaque mètre que nous parcourions. Peu à peu, les petits points blancs çà et là devenaient des maisons et la brume grise, le réseau des murets autour des champs pierreux. Puis je vis les écharpes de fumée qui s'étiraient des cheminées et se fondaient dans l'air léger.

Nous ne sommes pas allés jusqu'au quai, à Garavin. En nous approchant, nous y avons vu une forêt de mâts comme si tous les bateaux de l'île étaient au port. Nous avons donc suivi l'île sur toute sa longueur jusqu'à une petite anse parmi les rochers, juste en dessous de la maison des Conroy. Leur coracle était là, tiré à sec sur la plage rocailleuse. Le soleil avait tourné et laissait la crique dans l'ombre. Un éboulis naturel de rocs s'avançait dans la mer et c'est là que nous avons foncé, en eau profonde, pour bientôt débarquer d'un bond.

— Filez maintenant, vous deux, ordonna Luke, et allez chercher la grand-mère. Je vais rester ici avec le bateau. Et ramenez un bout de quelque chose à manger, si possible ! nous cria-t-il d'une voix enrouée comme nous partions. Et, pour l'amour de Dieu, ne laissez pas la vieille dame se casser une jambe sur ces rochers ! Ils écloperaient un jeune costaud, alors une vieille dame de quatre-vingts ans d'âge...

— Nous ferons bien attention à elle, dit Pat d'un ton rassurant.

Nous nous sommes faufilés parmi les rocs et avons disparu aussi vite que nous l'avons pu, pour qu'il ne puisse pas nous faire d'autres recommandations. Il avait eu beau essayer de baisser la voix, il avait plutôt manqué son coup...

Il n'y avait pas de maisons dans cette partie d'Inishrone qui faisait directement face à l'océan Atlantique, si bien que pendant plusieurs mois de l'année on n'y trouvait pas le moindre abri contre les tempêtes. Après chaque tourmente, le rivage avait une physionomie différente, car chaque fois les mains géantes de la mer disposaient autrement ses gros rochers. Arrivés au bout de la plage, nous avons suivi une vieille route de pierres raboteuses qui nous a menés jusqu'à une longue pente verdoyante. L'herbe était délicieusement douce à nos pieds nus après les pierres. Il y avait alors quelques moutons là, pour l'été. Ils avaient déjà bien tondu l'herbe.

En haut de la pente, nous avons fait une petite pause. D'ici, nous pouvions voir l'arrière de la maison des Conroy. La porte de derrière était fermée. Les poules se trouvaient toutes dans la petite cour close. Je l'ai fait remarquer à Pat.

— Est-ce que ça veut dire qu'il n'y a personne dans la maison ? lui ai-je demandé.

— Oui, fit-il. Ma mère les enferme toujours comme ça lorsqu'elle quitte la maison. Si elle était là, les poules seraient en train de picorer près de la porte de devant en guettant une occasion de se glisser dans la cuisine. Nous avons de la veine.

— Est-ce que la grand-mère peut y être, tout de même ? J'en doutais, car l'endroit semblait vraiment désert.

— La grand-mère est toujours là, affirma Pat.

Nous avions deux champs à traverser avant d'atteindre la maison. Nous sommes restés à l'ombre de ses murs jusqu'au pignon. À partir de là, ce n'était plus la peine de nous cacher. Après un bref coup d'œil vers l'allée qui menait à la route, nous avons rapidement tourné le coin en direction de la porte de devant.

Je n'aurais pas été surpris de trouver la grande porte close, comme elle l'était la nuit ou lorsque tout le monde était parti. Mais nous constations maintenant que seul le panneau inférieur était fermé, et nous avons pu regarder au-dessus ce qui se passait dans la cuisine. Contre le mur opposé, le delphinium flamboyait sur le buffet dans les rayons obliques du soleil de l'après-midi. Le reste de la pièce semblait terne en comparaison. Même la lueur du foyer paraissait décolorée. Pat a ouvert la porte d'un coup et nous sommes entrés.

La grand-mère était assise à sa place habituelle près de l'âtre. Elle sursauta en nous voyant. Elle était en train de dire ses prières et, dans sa surprise, elle laissa s'égrener sur le sol son lourd chapelet. Pat se baissa pour lui ramasser les grains. Elle étendit la main et caressa doucement son front. Puis elle eut un lent, un pénible soupir.

— Il n'y avait encore personne de notre famille qui se soit noyé, Patsou, dit-elle. Jamais personne. Je n'aurais pas voulu que tu lances la mode...

— Où sont-ils donc tous ? demanda Pat avec douceur.

— Partis pour Garavin. Dieu veuille que ton père ne rencontre pas Mike Coffey, ou il y aura un meurtre. Lui et John sont revenus ici, il y a environ une heure, et ils ont pris les fusils qu'ils gardent pour la chasse au phoque. Après leur départ, ta mère et les filles tournaient dans la maison comme des poules lorsque le renard vient fouiner dans le coin. C'est moi qui leur ai dit qu'elles feraient mieux de suivre les hommes à Garavin, et que je resterai ici à prier pour tous les pêcheurs. Comment se fait-il que vous ne les ayez pas vus à Garavin ? demanda-t-elle brusquement.

— Nous ne sommes pas allés à Garavin. Nous avons accosté en dessous, à Cuandubh. Il y a un gars de Kilmoran avec nous. Il s'occupe du bateau. C'est un gars bien. On le prendrait plutôt pour un insulaire. Il va venir avec nous à l'île des Chevaux tout à l'heure.

Son regard perçant nous fixa, l'un après l'autre.

— Vous allez à l'île des Chevaux maintenant ?

— Il faut que nous y allions, pour emmener une petite pouliche sauvage que nous y avons vue, expliqua Pat. Nous sommes venus te chercher. Veux-tu nous accompagner ?

Pendant une fraction de seconde, elle sembla effrayée. Puis elle se mit debout avec lenteur. Presque comme si elle parlait dans son sommeil, elle murmura :

— Oui, oui... Je vais avec vous. À l'île des Chevaux. J'ai dit que je voulais aller là-bas. Je l'ai dit, et vous ne l'avez pas oublié...

Elle est allée jusqu'au buffet et y a pris un

gros vase de porcelaine blanche orné de roses peintes. Du vase elle a sorti une clé au bout d'un long cordon et l'a tendue à Pat.

— Ouvre le coffre à ma place, Patsou, mon gars, que je puisse prendre mon châle.

Pat ouvrit le coffre sculpté qui était près de la porte de derrière. Ce coffre avait toujours été pour moi un objet de curiosité, et je me suis approché pour jeter un regard furtif à l'intérieur. Sur le dessus, bien plié, il y avait un vêtement marron foncé comme j'en avais souvent vu portés par des morts, aux veillées. La grand-mère a eu un petit rire content en l'apercevant.

— Regardez ça, dit-elle. J'étais bien persuadée que ce serait la prochaine toilette que je revêtirais ! Soulève-le soigneusement, Patsou. Je ne veux pas qu'il ait des faux plis. Maintenant, passe-moi le châle.

Pat a sorti un magnifique châle marron clair, brodé de fleurs marron foncé, vert pâle et rouges.

— Et il y a un tablier imprimé, tout propre, en dessous. Ensuite, remets le costume en place en faisant bien attention.

Pat fit ce qu'elle lui demandait. Puis il a refermé le coffre et lui a rendu la clé. Elle nous a fait tourner le dos pendant qu'elle choisissait un autre vase pour la cacher. Puis elle a mis sur sa jupe rouge le tablier neuf imprimé de bleu et de blanc et a drapé le joli châle si doux autour de ses épaules.

— À présent, je suis prête, annonça-t-elle.

Nous avons pris une nouvelle miche de pain dans la huche et quelques pommes de terre bouillies froides, qui avaient été mises de côté pour les poules. Nous avons serré le tout dans un vieux sac de farine, avec un petit paquet d'avoine pour faire du porridge. Enfin, nous avons couvert le feu avec de la tourbe et nous étions prêts à partir.

Nous avons chacun pris un bras de la vieille dame pour l'aider à se mettre en route. Je sentais son corps tout entier trembler sous mes doigts et j'ai eu un moment de panique à la pensée de ce que nous étions en train de faire. Comme si elle lisait en moi, elle dit :

— Ne te fais pas de souci pour moi, Danny. Je serai tout à fait bien dans un petit moment. Ça fait un drôle de bout de temps que je ne suis pas allée me promener, c'est tout !

Nous l'avons emmenée par le chemin que nous avions pris pour venir, en coupant par les deux champs, puis par la pente herbeuse qui s'étalait jusqu'au rivage. Nous avancions lentement, car nous devions franchir tous les murets de pierre que nous avions escaladés avec tant de facilité peu de temps avant. Il n'y avait pas de portes sur cette partie de l'île et il n'y en a toujours pas aujourd'hui car le pays est trop pauvre pour que cela en vaille la peine.

C'est pendant que nous descendions la pente, parmi les moutons, que je me suis aperçu que quelqu'un nous surveillait. Une tête avait surgi derrière le mur du champ que nous venions juste de traverser. J'avais jeté un regard en arrière à ce moment, sans raison spéciale, à temps pour la voir disparaître. Quiconque se trouvait là pouvait encore facilement nous observer, bien sûr, entre les pierres mal ajustées du muret. Je n'ai rien dit à Pat. Ce n'était pas la peine de bousculer la grand-mère. Ç'aurait vraiment été un mauvais calcul de la faire trotter maintenant pour risquer de la voir s'écrouler avant que nous soyons arrivés au bateau.

J'ai regardé au moins une demi-douzaine de fois derrière moi jusqu'à ce qu'on touche au rivage. Pat finit par le remarquer. Et la grand-mère aussi :

— Il n'y a pas une âme dans ce coin de l'île aujourd'hui, Danny, me dit-elle. Ils sont tous rassemblés en bas, à Garavin, malades d'angoisse pour deux jeunes gars qui sont très capables de se conduire tout seuls.

Mais Pat me regardait avec inquiétude et je voyais bien qu'il se doutait que je ne me faisais pas de la bile sans raison. Cependant, il n'a pas posé de questions.

Une fois sur la route raboteuse surplombant la plage, nous avons dû porter à moitié la vieille femme. Elle s'appuyait très lourdement sur nous, à présent, et le splendide châle n'arrêtait pas de glisser de ses épaules. Quand nous eûmes couvert la moitié de la distance du rivage au bateau, elle s'arrêta et nous dit :

— J'ai bien peur d'être trop vieille pour courir

la prétentaine... Les vieilles femmes devraient rester assises près de l'âtre, à tricoter des chaussettes. C'est tout ce qu'elles sont capables de faire !

— Ce n'est pas plus difficile pour toi de continuer que de retourner, l'encouragea Pat.

J'ai de nouveau regardé derrière moi et cette fois j'ai vu la tête et les épaules de la personne qui nous suivait, juste avant qu'elles disparaissent à l'abri d'un rocher. C'était une femme. J'en ressentis une petite bouffée de soulagement. J'étais encore assez jeune à cette époque-là pour croire que les femmes étaient de pauvres et faibles créatures, incapables de faire du mal à une mouche. Je me joignis à Pat pour inciter la grand-mère à ne pas abandonner pour ce petit bout de chemin. Elle s'écria, plutôt acerbe :

— Bien sûr que je continue ! Est-ce que vous imaginez que vous allez me laisser derrière vous maintenant ? C'était juste un peu de radotage. Ma tête est aussi jeune que la vôtre. C'est seulement mes jambes qui sont vieilles !

Et elle se traîna de nouveau vaillamment.

Dès que nous avons été en vue de la barcasse, Luke s'est précipité en sautant sur les rochers pour venir à notre aide. Lorsque nous avons atteint l'endroit où nous devions quitter la route pour descendre la grève jusqu'au bateau, Luke a dit :

— Excusez-moi, M'dame Conroy, pour ce que je vais faire.

Et, sans plus de cérémonie, il l'enleva dans ses

bras et la porta tout au long de la plage aussi aisément qu'il aurait transporté un panier de varech. Elle poussa un petit cri aigu, et ce fut tout. Pat et moi marchions de chaque côté de Luke, un peu affolés à l'idée qu'il pourrait la lâcher. Nous nous rendions bien compte qu'elle n'était pas trop lourde, mais ses vêtements volumineux empêchaient Luke de voir le sol. À chaque instant nous avions peur de le voir mettre le pied dans l'une de ces crevasses entre les rocs et tomber par terre avec son fardeau. Je dois reconnaître que nous étions surtout inquiets à la pensée d'affronter le père de Pat si nous ne lui ramenions pas sa mère saine et sauve. Pourtant, je crois que nous avions encore plus peur de la vieille femme ; en effet, nous n'aurions pas osé nous mettre en route sans elle du moment qu'elle voulait nous accompagner.

Nous nous sommes bientôt aperçus que Luke savait ce qu'il faisait. Guidé par un sûr instinct, il posait toujours ses pieds au bon endroit. Il n'avait pas même l'air essoufflé tout en nous expliquant :

— Il m'arrive souvent d'aller en mer en pleine nuit. C'est comme ça que je suis devenu calé dans ce genre d'exercice. Vous n'avez pas peur, M'dame Conroy ? termina-t-il avec sollicitude.

— Non, répondit la vieille femme, avec assez d'assurance. Je n'ai pas peur.

Arrivé près de la barcasse, il la déposa doucement par terre. Elle lissa son tablier, repoussa ses cheveux blancs en arrière avec les mains et serra plus étroitement son châle autour d'elle. Puis elle jeta un coup d'œil sur le chemin par lequel nous étions venus et dit gentiment :

— Je dois vous remercier de tout cœur, Luke, pour l'aide que vous m'avez apportée. On croirait que vous avez passé votre vie à transporter des dames tout au long des grèves, vrai, on pourrait le croire !

Soudain, elle poussa un petit cri et montra quelque chose du doigt : « Eh bien, regardez donc qui est ici, pour me souhaiter bon voyage ! Vous pouvez sortir de derrière ce rocher, Mademoiselle Doyle, et nous dire bonjour comme une dame ! »

Nous avons tous regardé, et j'ai eu bien du mal à ne pas éclater de rire. Sortant de sa cachette derrière un rocher, aussi sûr que deux et deux font quatre, c'était bien l'aînée des demoiselles Doyle. Elle avait toujours son air distant, son allure de reine, bien qu'elle boitât un peu après sa longue randonnée depuis l'autre extrémité de l'île. À ma connaissance, jusqu'alors, ni elle ni sa sœur n'avaient jamais quitté Garavin à pied. Une ou deux fois, elles nous avaient fait l'honneur royal d'une visite chez nous, ainsi que chez certains de nos voisins, sur un side-car. Elle faisait piètre figure maintenant, avec ses cheveux embroussaillés, un accroc à son manteau et un talon manquant à une chaussure ! Je sentis monter en moi une vague de colère contre elle, pour la frayeur qu'elle m'avait causée.

— Qu'est-ce qui vous amène ? demandai-je brutalement. Pourquoi nous suivez-vous comme ça ? Vous feriez mieux de rentrer chez vous tout de suite, et ne vous avisez pas de raconter ce que vous avez vu à qui que ce soit, ou il vous en cuira !

— Vous êtes bien grossier, mon garçon, fit-elle aigrement. Je le dirai à votre père la prochaine fois que je le verrai.

— Filez vite chez vous, M'dame, coupa Luke avec impatience, et ne nous faites pas perdre notre temps.

— Qui est cet homme ? demanda-t-elle à Pat. Et pourquoi enlève-t-il Mme Conroy ?

— Enlever votre grand-maman ! gloussa la vieille dame. Je vais juste faire une petite promenade en barque. Maintenant, rentrez chez vous comme une bonne fille, ou vous allez être surprise par la nuit sur le chemin du retour.

Mais elle ne voulait pas s'en aller. Au bout d'un moment, Luke dit :

— Bon, les garçons, nous n'avons pas de temps à perdre. À bord, à présent.

Mlle Doyle nous observa en silence tandis que Luke montait à bord et que nous l'aidions à faire embarquer la grand-mère. Pendant que nous larguions les amarres, elle s'approcha pour jeter un coup d'œil à l'intérieur du bateau. Nous n'aurions pas pu l'en empêcher, à moins peut-être de lui lancer des pierres et bien sûr nous ne pouvions pas faire ça à une femme. C'est ce que nous avons expliqué ensuite à la grand-mère, car c'était elle qui nous avait suggéré cette méthode pour nous débarrasser de cette visite importune !

— Je suis désolée pour vous, fit la grand-mère, avec un reniflement méprisant.

Mlle Doyle se tenait si près de la barque que la pensée me traversa qu'elle pourrait bien essayer de sauter à bord au dernier moment, juste quand nous lèverions l'ancre. Je ne voyais d'ailleurs pas pourquoi elle l'aurait fait, pas plus que je ne comprenais pourquoi elle s'intéressait tant à nous. Cependant, elle n'a pas fait le moindre mouvement, jusqu'à ce que nous soyons à dix mètres environ du banc rocheux. Alors nous l'avons vue se diriger cahin-caha jusqu'au bout des rochers pour nous regarder partir. Elle est restée là, comme un cormoran sur un roc, jusqu'à ce que nous soyons à près d'un mille au large. Ensuite nous l'avons vue se dépêcher de remonter le récif, d'une démarche pesante et bizarre, puis disparaître au milieu des énormes rochers.

CHAPITRE XIII

RETOUR À L'ÎLE DES CHEVAUX

— Qui est cette pauvre toquée ? s'informa Luke. Elle a l'air de quelqu'un qui a passé toute sa vie derrière un comptoir.

Nous lui avons dit que Mlle Doyle et sa sœur tenaient le bureau de poste de Garavin.

— C'est bien ce que je pensais, fit-il avec un hochement de tête sagace. Les bureaux de poste font toujours sortir ce qu'il y a de plus mauvais chez les gens.

— C'est vrai ce que vous dites là, approuva Mme Conroy. Mais elle n'est pas folle du tout. Elle est méchante. J'ai bien vu, de mes yeux vu, que le diable la possède.

Aucun d'entre nous n'avait la moindre idée de ce qui l'avait poussée à nous espionner. Luke nous dit :

— Je regrette de n'avoir pu la tromper un peu

sur la direction que nous prenions. Mais bien sûr, il n'y a que deux directions possibles — nord-ouest vers l'île des Chevaux, et sud-est qui nous mène à Garavin, et nous ne pouvions pas prendre ce chemin de crainte d'être repérés. Je lui souhaite la guigne, en tout cas, et c'est tout ce que j'ai à dire.

Après ça nous avons essayé de ne plus penser à elle, mais elle nous avait laissé un sentiment de malaise. Tant que nous pouvions apercevoir le rivage que nous venions de quitter, Pat et moi n'avons cessé de le surveiller comme si nous nous attendions à tout moment à y voir surgir une armée. Mais rien ne bougeait là-bas, pas même un oiseau. Quand nous avons enfin abandonné, nous nous sommes aperçus que la grand-mère nous observait avec un sourire mi-figue mi-raisin. Elle était assise à l'arrière, bien installée sur une voile qui lui servait de coussin et chaudement emmitouflée dans son châle. Elle semblait parfaitement heureuse.

— Allons, ne me gâchez pas la journée à parler de cette vieille Mlle Doyle, pria-t-elle. Vous ne pouvez rien y faire. Quand vous aurez mon âge, peut-être que vous aurez appris à ne pas perdre le sommeil pour des choses auxquelles vous ne pouvez rien changer !

Et elle se mit à nous indiquer des repères sur la lointaine côte de Connemara, dont elle se souvenait du temps de sa jeunesse, caps, petites îles et récifs. Elle en désignait certains de noms que nous connaissions, mais à d'autres elle donnait des appellations que plus personne n'emploie de nos jours.

Nous avons eu notre premier coup d'œil sur l'île des Chevaux alors que nous étions encore à l'abri des hautes falaises d'Inishrone. La grand-mère s'est assise toute droite quand elle l'a vue. Son expression était un mélange d'amour et d'agacement. Cela me rappelait l'air qu'avait mon père chaque fois qu'il parlait de notre petite vache du Kerry. Elle s'échappait de tous les champs où il la mettait, et l'obligeait à la poursuivre tout au long d'Inishrone ! Mais il disait toujours la même chose en fin de compte, que c'était la meilleure vache de l'île et qu'il ne se séparerait d'elle ni pour or ni pour argent.

La vieille Mlle Conroy avait beaucoup souffert à cause de l'île des Chevaux, mais il était évident maintenant que son cœur s'y trouvait toujours. La question que Pat s'apprêtait à lui poser s'évanouit dans le silence. Il préféra venir à l'arrière arranger la vieille voile derrière ses épaules pour qu'elle puisse s'appuyer confortablement. Tout le reste du voyage, elle sembla s'abandonner à un rêve. Nous avons pris grand soin de ne pas la déranger.

Une fois au large, nous avons été entraînés par une grosse houle bleue. Même avec la présence de Luke pour nous donner confiance, c'était un voyage épouvantable. La barcasse était simplement trop petite et la mer trop grosse. Un vent impétueux sifflait dans les voiles. Parfois il semblait soulever le bateau hors de l'eau, pour le laisser retomber et barboter dans les vagues énormes. Seules quelques mouettes courageuses nous suivaient.

Peu à peu, le bleu foncé de l'île des Chevaux se changeait en vert sombre. Le soleil se couchait quelque part derrière elle vers cette heure-là. Le ciel était traversé d'une brume rose pâle qui s'étirait au loin, aussi loin que nous pouvions voir. Pour le moment, la mer était un peu plus calme. Luke fut le premier à rompre le silence.

— Où pensez-vous que nous devrions accoster, M'dame Conroy ? Vous connaissez l'île mieux que nous.

— Allez d'abord jusqu'à l'appontement, fit-elle calmement. Je veux retrouver la maison où je suis née.

Mon cœur défaillit quand je me rappelai les ruines auprès de la jetée. Pat me lança un coup d'œil, et je vis qu'il pensait à la même chose. Comme il aurait été plus sage, nous semblait-il maintenant, de laisser la grand-mère en sécurité au coin de la cheminée, dans la maison de son fils ! Mais il était désormais inutile de nous lamenter à ce sujet, puisque nous touchions presque au quai.

Suivant les instructions de Mlle Conroy, Luke amena la voile à une bonne centaine de mètres du quai.

— J'ai souvent vu les hommes faire ainsi, dit la vieille dame, et jamais un bateau ne s'est perdu. Cette fois où tous les bateaux se sont brisés, ils étaient amarrés contre la jetée. Nous étions debout près des maisons, à les regarder se fracasser. Les hommes rampaient sur les mains et les genoux le long du quai, à cause du vent furieux, dans l'espoir de réussir à les sauver. Dieu nous garde ! Il était impossible de les préserver de la ruine. Ç'aurait tiré des larmes à une pierre de voir tous ces beaux bateaux réduits en poussière et engloutis devant nos yeux.

— Ç'a été une rude épreuve, Dieu me pardonne ! fit Luke avec douceur.

Il laissa la barque glisser jusqu'au quai et l'amarra rapidement. Puis nous avons tous débarqué, en soutenant la grand-mère sous les bras pour l'aider.

Une fois à terre, la vieille dame s'est doucement libérée de nos mains. Elle est restée immobile une minute, contemplant le petit tas de ruines qui avait été tout son univers, puis, à pas lents mais fermes, s'est dirigée vers elles.

Nous l'avons suivie d'aussi près que nous l'avons osé. Je pouvais à peine respirer. C'était comme si une main de géant me serrait la poitrine, me broyant les côtes à me faire suffoquer de douleur. Nous ne pouvions voir le visage de la vieille femme. Elle avait remonté le châle sur sa tête comme si elle était à l'église. Seuls son dos raidi et le lent balancement de ses jupes nous laissaient imaginer le chagrin qui devait la submerger.

Sur toute la longueur du quai, elle ne s'est pas arrêtée une fois et elle n'a pas tourné la tête. Comme une somnambule, elle a dépassé les premières maisons et la vieille forge où nous avions passé nos nuits sur l'île, Pat et moi. Après la forge, là où l'ancienne route tournait pour grimper vers la colline en s'éloignant de la mer, à la toute dernière maison du village, elle s'est enfin arrêtée. Elle s'est détournée et nous a regardés alors, et ses yeux sombres, grands ouverts, étaient remplis de larmes.

— C'était notre maison, souffla-t-elle.

Elle se dressait solitaire dans un petit champ entouré d'un muret. Une touffe d'orties poussait contre le seul pignon abrité. Partout ailleurs, il y avait de l'herbe courte et nette, ainsi entretenue par les vents âpres et chargés de sel de l'hiver. Elle a passé par le trou qui avait été un porche autrefois et s'est dirigée vers l'embrasure vide et béante de la maison. Elle s'est tenue un long moment immobile sur le seuil. Puis, d'un mouvement brusque et décidé, elle a pénétré à l'intérieur. Nous l'avons suivie.

Elle est allée jusqu'au milieu de la grande pièce qui avait été la cuisine et a levé les yeux vers les combles dénudés. Puis elle a traversé la pièce jusqu'à la cheminée au foyer envahi d'herbes. Sous le manteau de la cheminée, les bancs de pierre étaient encore propres et blancs de chaux. Très lentement, elle est allée s'asseoir sur l'un d'eux.

— Dieu me garde ! ai-je pensé, en voyant ses yeux errer d'un mur à l'autre de la maison en ruine, ça lui a fait perdre la tête, pour finir. Oh ! pourquoi n'avons-nous pas pensé que ça allait arriver ?

Elle parlait tout doucement maintenant, comme pour elle-même, pour entendre ce qu'elle disait. Pat et Luke étaient encore sur le seuil. Le visage rude et tanné de Luke était empreint de compassion. Pat avait l'air un peu effrayé.

« C'est là que se trouvait l'image sainte, avec toujours une petite lumière devant, disait la grand-mère, désignant le mur du fond. Regarde, le clou est toujours là. En dessous, il y avait la banquette où je dormais. J'adorais la lumière de la petite lampe et la lueur du foyer quand tout le monde était parti et que je restais toute seule ici. Alors, les grillons sortaient de leurs cachettes et je les entendais crisser sur la pierre de l'âtre et je m'endormais au son de leur chant. Le buffet était là — elle désignait le mur opposé. Nous avions les plus jolis bols de l'île des Chevaux, tout le monde le disait. Sous la fenêtre, là, il y avait la table. Que de délicieuses miches de pain j'ai pétries dessus, un œil sur mon travail et l'autre guettant le retour des bateaux, après quoi nous avions des jeux et des danses le soir. Oh ! c'était une vie merveilleuse et un endroit merveilleux pour y vivre ! »

Soudain, elle nous a regardés bien en face :

« N'ayez pas peur, a-t-elle poursuivi, je ne suis pas devenue toquée. C'est le contraire, pour ainsi dire. Tout au long de ces années où j'ai pensé et repensé à cet endroit, il m'est arrivé de me demander si je n'en avais pas fait une sorte de pays des merveilles dans mon imagination. J'essayais de me souvenir de vilaines choses qui se seraient passées ici, pour m'en dégoûter. Mais je n'ai jamais pu me rappeler autre chose que la gaieté, les rires et les chants, et les petits veaux au soleil, et les fins de journée ensoleillées sur la montagne, et les poules dodues qui picoraient près de la porte, et les beaux, les magnifiques chevaux. Je me disais que c'était idiot. Je me disais qu'il ne pouvait exister un pays aussi merveilleux que l'île des Chevaux telle qu'elle était dans mon souvenir. C'est pour ça que je devais la revoir. Pour m'assurer que j'avais raison sur toute la ligne. »

Elle rit de bonheur. « Et j'avais raison, il n'y a pas un endroit au monde qui vaille l'île des Chevaux ! »

À présent, nous savions qu'elle était aussi saine d'esprit que nous tous. Luke déclara :

— C'est la chose la plus vraie que vous ayez jamais dite, M'dame Conroy. Et ça a dû être un crève-cœur de devoir laisser tout ça...

La vieille femme hocha la tête lentement. Ni Pat ni moi n'avons dit un mot. Tout à coup, c'était comme si l'herbe et les orties avaient disparu et, à leur place, étaient installées toutes ces petites choses qui font une cuisine dans les îles — la baratte et le tabouret bancal, le buffet et le coffre sculpté, et la banquette, tout cela baigné par la douce et chaude lumière du feu de tourbe et de la lampe à huile accrochée au mur. Cela semblait si réel que, lorsque j'ai levé la tête, je m'attendais presque à voir les chevrons à leur place et un épais toit de chaume prêt à nous abriter pour la nuit. Mais tout ce que j'ai vu, c'est une grosse lune ronde dans un ciel bleu verdâtre, encore plein de jour, qui jetait un regard curieux dans les mines. La grand-mère reprit :

— Si on nous voyait maintenant, on penserait que nous avons l'esprit dérangé à jouer aux maisons à cette heure. — Elle se leva. — Je me sens bien reposée à présent. Nous ferions mieux de nous mettre au travail.

En dépit de ses paroles pleines de bravoure, elle semblait plus tassée et plus faible que lorsque nous avions accosté à l'île des Chevaux. Pour regagner le quai, elle a permis à Luke de lui tenir le coude. Nous nous en sommes réjouis, car elle trébuchait un peu, et plus d'une fois.

Nous avions décidé de gagner la grève d'argent à la voile, pour épargner à la vieille femme la fatigue de marcher jusque-là. La barcasse n'avait pas beaucoup de tirant d'eau, et il serait facile de la haler au sec. Nous avions l'intention de capturer immédiatement la pouliche et de la conduire à bord. Puis, protégés par l'obscurité, nous voguerions jusqu'à la plage, sous la maison de Luke, là où nous avions échoué.

— J'ai une jolie petite écurie bien sèche, disait Luke. Ma vieille bourrique d'âne se poussera un peu pour faire de la place pour la pouliche. Et pour sûr, si elle est trop grande dame pour rester avec lui, elle sera la bienvenue dans ma propre maison !

C'était une offre généreuse. Nous l'avons acceptée avec gratitude, au nom de la pouliche.

— Je la consulterai pour sa nourriture, termina Luke.

La marée avait changé de sens, et la barcasse s'était élevée de quelques centimètres depuis que nous l'avions abandonnée. À l'endroit où nous avions attrapé les anguilles, la mer refluait sur le sable fin. Dans le village en ruine, les murs des maisons se dessinaient sur le ciel en une ligne sombre et déchiquetée. L'air avait fraîchi avec le couchant. Maintenant, la petite brise du soir pleurait et sifflait dans les déchirures de nos vieilles voiles. Dans le lointain, brusquement, le long hennissement joyeux d'un cheval a retenti et nous est arrivé, porté par la brise. La grand-mère a eu un petit rire heureux en entendant ce cri.

Elle nous a conseillé de rester bien au large pour contourner l'extrémité de l'île.

— Il y a de longs récifs ici, juste à fleur d'eau, expliqua-t-elle. On ne les voit qu'aux marées d'équinoxe.

Bientôt nous avons longé la grande plage d'argent. Tout au bout, les falaises s'avançaient vers la mer en un large demi-cercle, puis l'on apercevait la petite plage et, au-delà, la longue vallée plate. Nous nous sommes dirigés de ce côté. Au pied de la falaise, nous avons amené la barque sur le sable. Au moment où elle touchait terre, Luke a sauté dans l'eau et l'a tirée au sec. Il l'a amarrée à un long cordage qu'il a fixé à un rocher pointant au pied de la falaise. Il y avait, dans la paroi de la falaise, une petite grotte et l'eau en léchait déjà l'entrée.

Pat et moi avons sauté à terre. La grand-mère voulut absolument nous accompagner, malgré nos tentatives pour la persuader de rester sur le bateau. Nous avons parcouru la longue grève jusqu'à l'herbe drue et sauvage qui poussait en bordure de la vallée. Les œillets des sables avaient fleuri depuis notre première visite.

Un léger brouillard s'étendait au ras de l'herbe. Il faisait presque nuit. Nous sommes restés immobiles et nous avons peu à peu distingué les silhouettes des chevaux dans l'ombre. Ils étaient immobiles également, et nous observaient. Puis, l'un d'eux s'est mis en marche vers nous, d'abord au pas, puis au trot et enfin au petit galop dans une envolée de sabots et de crinière. Un frisson de peur me parcourut.

— C'est l'étalon noir ! ai-je crié.

Luke étendit les bras et nous serra contre lui, de sorte que nous formions un petit groupe compact. L'étalon continua sa course. Soudain, à quelques mètres de nous, il décrivit un grand cercle et repartit au galop vers la vallée. Nous avons senti le sol trembler sous nos pieds. À l'instant où il nous avait dépassés, roulant des yeux blancs, les naseaux dilatés, il m'avait fait penser à un marsouin facétieux ou à un brave chien de berger se dérouillant les pattes sur les pentes.

— Il ne faut pas avoir peur de lui, dis-je. Je ne crois pas qu'il nous veuille du mal.

Luke répondit d'une voix un peu altérée :

— J'ai un grand respect pour les étalons, oui, un très grand respect !

Le tonnerre de ses sabots sonnant creux sur le sol tourbeux emplissait nos oreilles. Couvrant la plainte du vent, on eût dit le roulement frénétique des tambours qui accompagnent les cornemuses. D'émotion, le sang me battait aux tempes. Le claquement des sabots s'amplifia. Il revenait.

— Dieu du Ciel ! s'écria Luke. Voilà un p'tit gars que j'aimerais bien ramener chez moi. Mais il doit être plus facile d'attraper le vent du nord et de le fourrer dans son sac que de poser le petit doigt sur lui !

L'étalon sortit de l'ombre à nouveau. Il se cabra et secoua sa tête fine, et sa crinière lui fit comme un halo de brume. Puis il poussa un hennissement formidable dont l'écho roula de colline en colline. Ses dents blanches étincelaient sous la lune. Cette fois, il virevolta derrière nous et repartit vers la vallée dans un martèlement de sabots.

La vieille Mme Conroy eut un petit soupir.

— Je suis une vieille, vieille femme, murmura-t-elle. Il s'est écoulé soixante longues années depuis que j'ai conduit notre étalon noir dans cette vallée.

Il doit être mort depuis longtemps, bien longtemps. Mais on croirait que c'est lui qui est ici cette nuit, lui qui galope et tourne et vire, exactement comme il l'a fait ce jour où je l'ai abandonné. Je voudrais redevenir jeune, oh ! oui ! Et je resterais sur l'île des Chevaux jusqu'à la fin de mes jours...

Pat constata :

— C'est terrible l'emprise que cet endroit peut avoir sur vous. Si nous restions ici une semaine, je suis sûr que nous deviendrions aussi sauvages que les chevaux eux-mêmes !

— C'est la vérité vraie, approuva Luke. On dirait une île enchantée !

Et puis, nous avons vu l'étalon revenir au petit trot. Il s'est arrêté à quelque distance, en bordure du groupe de chevaux, et a fait semblant de brouter l'herbe. Mais on voyait très bien qu'il nous surveillait du coin de l'œil.

Maintenant que les dernières lueurs du jour avaient tout à fait disparu, la lune et les étoiles prenaient possession du monde. Leur douce clarté s'épandait sur la vallée comme du lait dans une coupe. Les rochers, l'herbe et le ruisseau, et les chevaux à la noble allure, tout en était transformé et semblait constituer un décor de féerie.

Nous nous demandions aujourd'hui comment nous avions jamais pu trouver les chevaux tous semblables. Les chevaux sauvages se mouvaient avec une grâce vive et nerveuse et s'éloignaient doucement à notre approche. Les autres restaient solidement plantés sur leurs quatre lourds sabots, déracinant l'herbe de leurs grandes dents maladroites, se contentant de battre paresseusement l'air de leur queue quand nous leur donnions de grandes claques sur la croupe. Nous errions en tous sens parmi eux, à la recherche de la pouliche. Quand nous l'avons enfin aperçue, on eût dit qu'elle devinait la raison de notre venue. Elle lança ses sabots vers le ciel et partit en dansant. Mais elle était trop jeune pour avoir appris les astuces qui auraient pu la sauver. En cinq minutes, nous l'avions acculée. Elle était là, frémissante, entre nous, avec la solide et mince corde de Luke habilement nouée autour de son cou.

— Là, du calme, lui murmurait-il très doucement. Tu verras que tu finiras par bien m'aimer.

Il lui frotta longuement les naseaux. Lorsqu'il s'arrêta, elle vint plus près de lui.

— Vous voyez ça ! s'écria-t-il ravi. Je jurerais que c'est la première fois qu'on lui gratte le nez !

Pendant que nous la conduisions lentement vers la plage, l'étalon dressa la tête et nous observa. La grand-mère marchait un bras autour du cou de la pouliche, en s'appuyant sur elle pour se soutenir. L'étalon secouait sa crinière en hennissant, mais il ne nous a pas suivis. C'était comme s'il savait que tout ce que faisait la grand-mère était juste et que sans elle il n'aurait jamais été là. Luke marchait de l'autre côté de la pouliche et nous fermions la marche, Pat et moi. Brusquement, Pat eut un petit rire étouffé.

— C'est une grande nuit, Danny ! dit-il. Je ne l'oublierai jamais, aussi longtemps que je vivrai.

— Ce que je n'oublierai jamais, c'est notre première vision de cet endroit, répondis-je. Est-ce que tu te rappelles, quand on était étendus là-haut sur la colline ? Et qu'on pensait qu'on devrait entendre la mer ?

Tout en parlant, je m'étais retourné pour désigner, au sommet de la colline, le coin d'où nous avions pour la première fois vu la vallée des chevaux sauvages. Pat se retourna également. Il m'empoigna le bras et le serra si fort que je sentis ses ongles à travers mon épais chandail. J'ai poussé un petit cri de douleur. Luke s'est arrêté net.

— Qu'est-ce qu'il y a ? Qu'est-ce qu'il se passe ? interrogea-t-il d'une voix brève.

— En haut, là. — Pat tendait le doigt, le souffle court. — J'ai vu des têtes qui bougeaient.

— Ha ! Ha ! fit Luke. Des têtes, hein ? Et combien ?

— Deux.

Au son de sa voix, j'ai cru que Pat allait fondre en larmes. Pour la première fois de ma vie, j'ai eu l'impression que c'était moi le plus fort. À dire vrai, nous avions vécu les mêmes drames dans cette aventure. Mais ici, sur l'île, Pat semblait en quelque sorte plus faible, comme si les esprits de ses ancêtres, au lieu de lui venir en aide, le vidaient de son courage.

La grand-mère s'était arrêtée elle aussi, à quelques pas. Elle s'appuyait toujours sur la pouliche. Luke tenait le bout de la corde. Il la fit passer vivement derrière lui et se tourna vers moi.

— Les as-tu vues aussi, Danny ?

Je lui ai expliqué que j'essayais de situer la place exacte d'où nous avions aperçu la vallée en premier lieu. Toutefois, j'avais eu l'impression de quelque chose qui remuait, un peu sur la gauche.

— C'est bien ça, Danny, reprit Pat, d'une voix légèrement plus ferme. Une tête ronde et une toute mince, si mince qu'on aurait plutôt dit un cou avec pas de tête dessus !

Luke fit claquer la corde sur sa main. Il eut un bref éclat de rire.

— C'est la meilleure description d'Andy Coffey que j'aie jamais entendue ! Un cou avec pas de tête dessus ! Tu es tombé juste, Pat, c'est un fait ! C'est bien ce que tu as vu.

— Les Coffey ?

J'ai senti que mon estomac faisait un affreux petit bond et se remettait en place un peu plus bas qu'il n'aurait dû.

— Et qui d'autre verrais-tu ? conclut Luke. Venez, maintenant, plus un mot. Gardez votre souffle pour courir. Peut-être que nous serons partis avant qu'ils ne réussissent à atteindre la plage.

CHAPITRE XIV

OÙ MIKE COFFEY TROUVE À QUI PARLER ET OÙ LA GRAND-MÈRE REÇOIT DE LA VISITE

Nous avons gardé le silence tout le long du chemin qui menait au rivage. Ce n'était pas parce que nous marchions vite, mais parce que nous devinions que Luke avait besoin de réfléchir. Évidemment, notre progression était plus lente à présent, parce que la grand-mère semblait avoir soudain perdu ses dernières forces. Bien qu'à quelques pas derrière elle, je l'entendais chercher son souffle avec un pitoyable petit bruit de sanglot qu'elle ne pouvait réprimer. Elle n'avait rien dit de la présence des Coffey sur l'île. Je me souvenais bien de l'avoir entendue déclarer, une fois, que lorsqu'on est vieux on ne peut plus fuir devant le danger et qu'il est plus facile en définitive de rester sur place et de s'y résigner. Mais cela n'était pas valable pour nous et elle faisait de son mieux pour ne pas nous retarder.

Tout en cheminant à une allure d'escargot, je m'imaginais les Coffey retournant en courant jusqu'à l'appontement, détachant leur bateau et prenant la mer... Ils devaient déjà être en route pour la grève d'argent. Je ne doutais pas le moins du monde qu'ils nous aient vus, sous la lumière dure et blanche de la lune.

À un certain moment, Luke a confié à Pat le bout de la corde et lui et moi avons soutenu la vieille femme entre nous. Avec une infinie douceur, il l'encourageait à continuer et la louait pour chaque petit effort qu'elle faisait. Et quand elle s'arrêta, à la fin, et nous dit de la laisser là, il l'a de nouveau portée, comme il l'avait fait sur la grève accidentée de Cuandubh.

La barcasse était à flot quand nous avons atteint le bord de l'eau. Je l'ai halée par sa longue amarre et l'ai fait glisser jusqu'à ce qu'elle heurte le sable. Luke a dit alors, avec un petit geste d'impuissance :

— J'ai peur que ça ne marche pas, mes enfants. Si nous montons tous à bord, elle va s'enfoncer dans le sable. Ça n'aurait pas d'importance si nous pouvions attendre que la mer monte et nous remettre à flot...

— Les Coffey seront là bien avant ! fit Pat. Si ce n'était pas pour la pouliche...

La grand-mère gloussa. C'était un bruit si inattendu que nous nous sommes tous tournés vers elle.

Sous la claire lumière de la lune, nous avons discerné ce même petit sourire fripon qu'elle avait pour observer les singeries de ses descendants, de sa banquette près de l'âtre dans la cuisine des Conroy.

— Ha ! ha ! ha ! jubila-t-elle, et elle frottait ses mains osseuses l'une contre l'autre avec ravissement. Je pensais que je serais une gêne, un boulet, un crève-cœur pour vous ! Et voilà que je vais être utile à quelque chose, pour finir !

— Ne vous cassez pas la tête, M'dame Conroy, se dépêcha de dire Luke. L'île est assez grande, et nous serons durs à attraper, je vous le garantis !

À sa façon de tourner la tête vers la mer, je me rendais compte qu'il regrettait chaque instant perdu à flatter ses lubies.

La vieille femme le vit aussi. Elle désigna la grotte ouverte dans la paroi de la falaise.

— Si vous m'installez dans cette grotte avec la pouliche, ça vous en fera deux de moins à surveiller ! Les Coffey ne nous trouveront jamais. Nous serons aussi en sûreté qu'au fin fond d'une prison.

Du coup, elle avait toute notre attention.

— Mais cette caverne est certainement remplie d'eau de mer, même en ce moment, gémit Luke avec désespoir. Vous ne voulez pas être noyée là-dedans, Dieu nous garde !

— Il n'y a pas plus d'une quinzaine de centimètres d'eau à l'entrée de cette grotte pour l'instant, affirma la grand-mère. Je la connais du temps jadis. Il y a au fond une petite plage étroite, qui n'est jamais recouverte, sauf aux marées d'équinoxe. Et je n'ai pas envie de me noyer certes, pas plus que n'importe qui, mais je n'ai pas envie non plus de sautiller de roc en roc sur mon île à moi, au soir de ma vie, avec une famille de brigands à mes trousses ! Voilà ce qui va être notre lot à tous dans quelques minutes, si vous ne m'installez pas dans cette grotte en vitesse.

Elle se tourna vers Pat et le rassura d'une voix douce : « Je m'occuperai de la pouliche pour toi, Patsou, comme si c'était mon propre enfant. Ne crains rien, surtout ! »

Luke nous confia la tâche de conduire la pouliche dans la grotte. Il assura qu'il se chargerait de la grand-mère. Nous avons remonté bien haut les jambes de nos pantalons. Luke n'a même pas pris la peine d'en faire autant, il était déjà trempé jusqu'aux genoux pour avoir tiré le bateau sur la rive.

Au début, la pouliche s'est fait tirer l'oreille pour nous suivre dans l'eau. Cela nous a surpris, car nous avions toujours pensé que les chevaux sauvages aimaient se baigner à l'occasion, en été. Elle tendait la corde et secouait la tête, comme pour essayer de se libérer. Nous avons tenu bon, l'avons entraînée derrière nous, pas à pas, et elle s'est montrée de moins en moins rétive.

Nous nous sommes arrêtés à l'entrée de la grotte. Il faisait horriblement sombre là-dedans. En vérité, c'étaient des fantômes aux visages d'un jaune livide qui se tenaient assis sur les murs !

— C'est le clair de lune sur la roche humide, me souffla Pat à l'oreille et je compris qu'il avait eu aussi peur que moi.

C'est vraiment étrange, mais si l'on a une fois entendu dire d'un endroit qu'il est hanté, on ne se débarrasse jamais complètement de cette petite peur désagréable. Nous avions beau savoir parfaitement, Pat et moi, que Mike Coffey avait inventé l'histoire des fantômes espagnols dans le seul but de nous épouvanter, il n'empêche que la peur accompagnait chacun de nos pas. L'obscurité semblait impénétrable. Nous avons senti que le fond sableux de la caverne s'élevait sous nos pieds et nous avons entendu le bruissement de vaguelettes qui clapotaient derrière.

La petite plage était là, comme la vieille femme nous l'avait annoncé. Nous nous sommes arrêtés à la limite de l'eau et avons tourné nos regards vers l'entrée de la grotte. Sa voûte en ogive et ses bords découpés se détachaient nettement, à présent, sous le clair de lune. Et voici qu'arrivait Luke, cheminant dans l'eau écumante, portant pour la troisième fois la grand-mère dans ses bras. Il ne semblait pas avoir de difficulté à trouver son chemin dans le noir. Il passa devant nous et déposa la grand-mère sur ses pieds, dans le sable.

— Et voilà comment je suis en train de prendre goût à cette façon de voyager, dit-elle avec conviction. Vous valez bien un cheval et une charrette, Luke, sans mentir.

En haut de la plage, c'était bien vrai, il y avait un petit coin de sable fin et sec, comme on n'en trouve qu'au-dessus de la laisse de haute mer. Il faisait mortellement froid, évidemment, car le soleil n'y donnait jamais. Maintenant que nous étions habitués à l'obscurité, nous avons remarqué qu'une lueur ténue semblait émaner de la petite ligne de blanc à la lisière des flots. Nous avons installé la vieille femme sur un rocher bas et plat, contre le mur du fond de la grotte, avec la pouliche aussi près d'elle que nous avons pu l'amener.

— Elle vous tiendra chaud, M'dame Conroy, dit Luke. Racontez-vous des histoires toutes les deux, jusqu'à notre retour !

Pat et moi nous voulions retirer nos chandails pour que la vieille dame s'asseye dessus, mais elle n'a pas voulu accepter. Elle nous a mis à la porte, nous pressant d'emmener la barque à l'abri aussi vite que possible.

Quand nous nous sommes retrouvés sur la grève, Luke a déclaré :

— C'est un vieux soldat courageux, c'est sûr, mais elle va attraper la mort dans le froid de cette grotte si nous l'y laissons trop longtemps. Une femme qui n'a pour ainsi dire pas bougé du coin du feu depuis des années !

Nous n'avons pas perdu notre temps en conversation. Notre première tâche était de déplacer la barque. Là où elle se trouvait à présent, le violent clair de lune la transformait en bateau d'argent et faisait ressortir ses moindres détails. Nous l'avons repoussée à l'eau, avons sauté à bord et hissé la voile, le tout presque dans le même mouvement. Plus loin sur la côte, à un endroit où nous n'étions encore jamais allés, nous sommes tombés sur un énorme fouillis de blocs de pierre noirs. De méchants récifs pointaient de longs doigts pour nous accrocher.

— Si nous en heurtons un, dit Luke sombrement, il nous faudra revenir à pied à Inishrone !

Nous avons dû nous tenir assez loin au large et guetter notre chance jusqu'à ce que nous ayons aperçu un large espace entre les récifs. Là, nous avons foncé et touché terre dans une étroite crique rocheuse. Des falaises escarpées nous surplombaient. Nous avons amarré la barcasse au moyen d'un long cordage jeté autour d'un rocher, au-dessus de la laisse de haute mer. Luke lui a donné une petite tape sur le nez en lui intimant :

— Pas de blagues, maintenant ! Si tu me laisses tomber cette nuit, après toutes les années que nous avons passées ensemble, je te vends, aussi sûr que les chats ont une queue !

La barcasse n'a rien répondu...

— À la regarder comme ça, vous lui donneriez le bon Dieu sans confession ! a dit Luke, tandis que nous remontions le long du rivage.

À quelque distance de là, nous avons trouvé un coin, sur le versant en pente douce de la falaise, où une cascade de pierres éboulées sur un sol sableux nous permettait de grimper lentement jusqu'au sommet. Luke allait devant, tâtant soigneusement le sol du pied pour s'assurer que cela tenait bon. Il me sembla qu'il devait y avoir eu ici, autrefois, une sorte de piste ou d'allée qui était maintenant recouverte de sable. Luke nous fit obliquer légèrement vers la droite, pour rendre l'ascension plus aisée. Par ce chemin, lorsque nous avons atteint le haut de la falaise, nous n'étions pas très loin de la grotte où se cachaient la grand-mère et la pouliche.

Nous avons rampé pour arriver au terrain plat et nous sommes restés allongés là un moment, à nous reposer. Ensuite, avançant comme des serpents, nous avons commencé à nous rapprocher du bord, pour pouvoir regarder dans la vallée. Il faisait froid là-haut, avec les petits crocs pointus du vent qui nous mordillaient sans arrêt. Au-dessous de nous, tout près, la petite troupe de chevaux se déplaçait tranquillement de-ci de-là tout en broutant. Un peu à l'écart, comme d'habitude, l'étalon noir montait la garde. La plage était presque recouverte par la marée, et les longues lames ne se brisaient qu'à la limite des flots. Nous avons prêté l'oreille et entendu ces mêmes vagues mugir dans la grotte au-dessous de nous. Je me suis demandé si la vieille femme n'avait pas peur, seule avec la pouliche.

— Regarde ! fit la voix de Luke à mon oreille. Les Coffey !

Ils arrivaient, manœuvrant leur grosse hourque

sans heurts et sans hésitation, preuve qu'ils l'avaient souvent fait auparavant.

— Ils ne peuvent pas l'amener sur la plage, dit Pat. Elle est beaucoup trop lourde.

Nous sommes ensuite restés tous silencieux, observant si intensément la hourque que j'ai cru que les yeux allaient me sortir de la tête au bout de cornes, comme ceux d'un escargot ! À cinquante mètres du rivage, ils ont stoppé et jeté l'ancre. Dans le petit intervalle de silence entre les vagues, nous avons entendu le bruit d'éclaboussures qu'elle a fait en entrant dans l'eau. C'est alors que nous nous sommes aperçus que la hourque remorquait un coracle. Ils l'ont amené tout contre et Mike y a jeté un ballot. Puis il est descendu dans le coracle si lourdement qu'il lui a fait faire un saut de mouton comme un cheval non dressé. Maintenant que le gros bateau avait tourné, nous pouvions voir la longue silhouette efflanquée d'Andy, tout agité de tremblements de peur à l'idée de descendre dans le coracle. Nous étions trop loin pour entendre, mais nous l'imaginions en train de bêler et de geindre. Nous aurions pu lui dire qu'il ferait mieux de ne pas attendre de sympathie de son père. Soudain, il cessa de trembler un moment, puis nous l'avons vu enjamber avec lenteur le bord du gros bateau et se laisser tomber dans le coracle. Luke laissa échapper un rire bref et acerbe !

— Voilà un gars qui ne devrait jamais aller

en mer, fit-il. Je me demande bien ce qu'a pu lui dire le vieux ?

Mike fonçait déjà vers la grève avec le coracle. Des gouttelettes d'argent jaillissaient des rames aux pales étroites. Andy était pelotonné à l'arrière et seule sa petite tête mince dépassait du plat-bord.

Pour un homme aussi trapu, Mike était étonnamment agile. À peine avaient-ils touché terre qu'il jetait le ballot sur son épaule, retournait le coracle l'instant d'après et, avec l'aide d'Andy, le remontait sur la grève pour le déposer au-dessus de la laisse de haute mer. Ensuite, Mike a fait filer Andy rechercher les rames. Ils étaient maintenant beaucoup plus près de nous et nous pouvions entendre ses cris, ainsi que les jappements angoissés d'Andy qui tressautait à chaque ordre.

Alertés par le bruit, les chevaux avaient redressé la tête et regardaient vers le rivage. Sans attendre Andy, Mike s'est dirigé vers eux.

Alors, d'un coup, nous avons enfin vu ce qu'il portait. D'abord, il n'a pas touché les chevaux sauvages ; il est allé vers les autres et a passé à chacun au-dessus des oreilles un licou auquel il attachait une longue corde pour pouvoir tirer ensuite l'animal derrière lui. Il a formé ainsi, en très peu de temps, une longue file de chevaux qui le suivaient docilement, le cou tendu, l'un derrière l'autre. Puis il a placé Andy, raide comme un piquet, en tête pour tenir le premier cheval.

— Est-ce que vous avez vu cet aplomb ? s'indigna Luke en un murmure furibond.

— Ils devront attendre que la marée descende pour les sortir de la vallée, dit Pat. Je suis sûr qu'ils n'oseraient jamais les faire nager derrière la hourque. Si l'un d'eux lâchait, il ferait couler toute la procession.

— Si Mike réussit à s'en tirer avec eux, dis-je, jamais personne ne pourra prouver qu'il les a volés.

— Venez, les garçons, coupa Luke d'une voix brusque. Nous allons descendre dans la vallée.

Pat renâclait :

— Et quel mal, après tout, s'il réussit à les emmener ? demanda-t-il. Est-ce que ce ne serait pas un beau dénouement à toute l'histoire ?

Mais Luke tendit brusquement la main vers un point, en bas.

— Regardez ce qu'il fait maintenant ! fit-il à voix basse.

Mike venait de capturer un petit poulain sauvage à l'allure dansante, plus âgé que celui que nous avions ramené chez nous et pas aussi beau. Nous l'avions remarqué parce qu'il galopait toujours près de l'étalon noir et qu'ils avaient l'air de bien s'amuser ensemble. Pat s'écria, d'un ton soudain venimeux :

— À présent, je sais ce que Stephen Costelloe a manigancé !

— Et tu vas nous l'expliquer ? demanda Luke ironiquement.

— Ce poulain est pour lui, fit Pat avec assurance. Quand il l'aura, il dira à John qu'il peut garder l'autre. Et ensuite, il ne donnera jamais son accord pour le mariage. Je me demande combien Stephen a promis à Mike pour ce poulain ?

— Tu peux être sûr que Mike ne fait jamais de cadeau, affirma Luke. — Sa voix monta d'un ton. — Mais j'ai l'impression qu'il lui faudra gagner son argent, cette fois ! Regardez-moi ça !

Dès qu'il crut tenir le poulain, Mike commit l'erreur de donner une secousse brutale au licou pour entraîner l'animal vers la file de chevaux. Les jambes de devant du poulain se sont dressées. Il a secoué la tête et exécuté un ou deux petits pas de danse sur ses jambes arrière. Puis, il a jeté un long hennissement d'angoisse, exactement du ton d'un petit garçon qui appelle son père lorsqu'il est en danger.

Aussitôt, l'étalon noir a levé la tête. Il n'avait montré aucun intérêt pour la capture des autres chevaux, comme s'il savait que tel était leur destin. Mais au cri du poulain sauvage, il a rejeté la tête en arrière et découvert silencieusement les dents, avec une expression qui m'a glacé le sang, bien que je fusse hors d'atteinte au sommet de la falaise. Puis il s'est mis en marche, plutôt lentement, en direction de Mike, d'une allure étrangement fringante. Mike était encore en train de lutter avec le poulain. Ils se tournaient autour tandis que Mike essayait de lui faire baisser la tête. Luke s'est alors dressé et a lancé d'une voix formidable qui a résonné dans toute la vallée :

— Lâche-le, espèce de cinglé ! Lâche-le !

Et puis il s'est mis à dévaler la paroi abrupte de la falaise. Quelque étonnant sixième sens guidait ses pas dans d'impossibles prises. Nous tendions le cou pour suivre sa progression, et il nous semblait parfois, à Pat et à moi, qu'il ne tenait que par la force de sa volonté. Nous avons jeté un regard du côté de Mike. Il était toujours obstinément cramponné au poulain, qui le tirait frénétiquement. Et toujours, lentement, l'étalon avançait. Suivant ses mouvements, le clair de lune mettait d'étranges dessins sur le satin de sa robe. Ses dents brillaient comme de l'argent sous la lumière blafarde.

— Je descends aussi, lança Pat brusquement. Reste ici, Danny.

Et il amorça la descente avant même que j'aie pu lui répondre. Je l'ai observé avec angoisse tandis qu'il suivait lentement les traces de Luke. Une fois, il est resté accroché sans bouger pendant une minute, et j'étais sûr qu'il avait le trac. Mais il est reparti, encore plus lentement, sans jamais regarder vers le bas. Quand enfin ses pieds ont touché le sol, il est resté allongé sur l'herbe comme s'il était tombé. Je me suis penché tant que j'ai pu pour l'appeler. Puis, la tête me tournant, je me suis reculé.

Tout en suivant la descente de Pat, j'avais jeté un regard, de temps en temps, au cirque extraordinaire qui se déroulait dans la vallée. Maintenant, je voyais Luke et Mike se battre pour la conquête du poulain. L'étalon était si près qu'ils devaient sentir sur eux son souffle chaud. Andy a fait un pas en avant comme pour aller aider son père. Puis il a semblé se raviser et il s'est contenté de regarder comme s'il avait pris racine.

Tout à coup, l'étalon a lancé un cri aigu. Alors, Mike a enfin lâché le poulain. Aussitôt Luke a fait sauter le licou et a expédié le poulain au galop à travers la vallée d'une bonne bourrade dans les côtes. Dans un soupir haletant, je me suis soulagé de toute la peur refoulée qui m'étouffait. J'ai vu Pat se mettre sur ses pieds et regarder fixement le poulain pendant un instant. Puis il s'est lancé en courant vers l'endroit où se tenaient encore Luke et Mike. J'ai entendu Luke parler d'une voix douce à l'étalon, qui était toujours près d'eux. L'étalon ne s'est pas occupé de lui. Il a tendu sa splendide encolure cambrée et fait claquer ses dents effrayantes à un pouce de l'oreille de Mike Coffey. Le hurlement de terreur de Mike a été presque aussi fort que celui de l'étalon. À une seconde près, il a réussi à se mettre hors d'atteinte. À présent, il commençait à reculer, les jambes raides. L'étalon l'a suivi, tranquillement menaçant. Mike n'osait pas se retourner et courir. Il a tendu les mains en avant en une tentative dérisoire pour repousser l'étalon. C'était horrible à voir et je me suis senti pétrifié par une sorte de peur primitive :

Tout à coup, la voix claire de Pat a retenti :

— Cours, Mike, cours !

Et Pat a été contre l'étalon, cramponné à sa crinière. Une seconde après, il avait sauté sur ce dos houleux et piaffant et s'accrochait au cou de l'animal. Les sabots de ses membres antérieurs se sont dressés et ont frappé le vide avec fureur. Pat a légèrement glissé de côté, mais il n'a pas lâché prise. Luke avait empoigné la queue de l'étalon et tirait de toutes ses forces. L'étalon est retombé sur ses quatre pieds, puis a fait voler ses sabots arrière. Luke s'est écarté du chemin. Je voyais Pat, tout en s'efforçant de tenir bon, tapoter l'encolure de l'étalon comme s'ils étaient les meillcurs amis du monde.

« Et maintenant, oh ! oui, maintenant il me faut descendre le long de cette falaise ! » me dis-je avec désespoir.

Car voici qu'arrivait Mike, trottinant comme un vieux baudet, vacillant un peu comme s'il allait s'écrouler d'un instant à l'autre. Je savais qu'il ne serait en sûreté qu'aussi longtemps que Pat occuperait l'étalon. Mais si Pat relâchait son étreinte et tombait, la bête se lancerait de nouveau sur Mike. Les étalons sont des animaux à l'esprit simple et à la mémoire tenace.

Depuis cette plongée vers la vallée, j'ai toujours conservé un profond respect pour les chats. Me souvenant de Pat, je n'ai pas regardé vers le bas, mais j'ai tâté avec mes orteils nus pour trouver chaque petite prise. Ensuite, j'ai crispé les doigts sur la moindre aspérité que je trouvais pour me soutenir, souhaitant de toute mon âme avoir pour m'aider de longues griffes aiguës. À quelques dizaines de centimètres du sol, je suis tombé, et en une seconde j'ai vécu un siècle de désespoir avant de toucher le sol et de rouler sur moi-même. Plus d'une nuit depuis, en rêve, j'ai revécu ces moments, me réveillant en sursaut pour tâter mes membres avec angoisse dans la crainte de trouver mes os rompus.

J'avais atterri presque aux pieds de Mike. Je ne voyais pas nettement son visage, dans la clarté diffuse, mais je me rappelle bien la façon qu'il a eue d'arrondir les épaules d'un air stupide en me regardant, comme s'il n'avait jamais vu auparavant un animal de mon espèce. Je pense que c'est la soudaine envie de rire qui m'a rendu mes esprits.

J'ai bondi sur mes pieds et lui ai pris le bras.

— Il faut vous cacher, vous cacher ! lui criai-je. Il n'y a qu'un endroit. Venez !

Il hésitait.

— Et Andy ?

Je n'aurais pas pensé qu'il irait se tracasser pour Andy.

— L'étalon ne touchera pas Andy, assurai-je, un peu plus doucement. C'est après vous qu'il en a.

J'ai lancé un coup d'œil vers Pat pour constater qu'il était toujours sur le dos de l'étalon. Alors j'ai emmené Mike au petit trot jusqu'à la plage. Il me suivait aussi humblement qu'un chien battu. Nous avons amené le coracle à toute allure au bord de l'eau, et je l'ai mis à la mer pendant qu'il retournait chercher les rames. Nous avons poussé au large, ensuite, et je ne lui ai donné qu'une seule rame, de peur qu'il n'essaye de regagner sa hourque au lieu d'exécuter mon plan. Mais il n'a pas eu l'air de penser à faire autre chose que ce que je lui disais. J'avais l'aviron de l'avant ; en le voyant courber le dos avec lassitude, je me suis rendu compte pour la première fois que c'était un vieil homme.

Nous avons suivi le rivage en nous dirigeant droit sur l'extrémité de la falaise. Mike a tourné la tête.

— Attention ! s'écria-t-il. Il va s'esquinter s'il heurte la falaise !

— Nous allons dans la grotte, répondis-je. On s'occupera bien de vous, là-dedans.

Il ne répondit rien. Nous avons rentré les rames et fait glisser le coracle dans la grotte en appuyant les mains sur ses murs froids. Puis, j'ai sauté dans l'eau peu profonde et l'ai tiré sur la minuscule plage. J'ai discerné les formes sombres de la grand-mère et de la pouliche, qui bougeaient dans l'obscurité. J'entendais la respiration légère et précipitée de la pouliche.

— J'ai une visite pour vous, madame Conroy ! annonçai-je.

— Et qui donc, Danny ?

Au son de sa voix, elle était reposée et contente. Mike était à terre maintenant, lui aussi, et il a eu une petite exclamation de surprise en scrutant les ténèbres. J'ai remis le coracle à l'eau, la poupe d'abord, et j'ai sauté dans l'eau derrière lui. Il s'est balancé quand j'ai enjambé le côté. Tout en m'affairant à sortir de la grotte, j'ai crié par-dessus mon épaule la réponse à la question de la grand-mère :

— M. Michael Coffey !

J'ai stoppé un moment à l'entrée de la grotte, pour écouter. À l'intérieur, renforcé par l'écho, j'ai entendu résonner le rire de Mme Conroy qui disait :

— Ah ! Mike, mon gars, c'est donc toi qui es ici ? Approche alors et viens t'asseoir sur l'escabeau, c'est tout ce que je peux t'offrir. Je te ferais bien une tasse de thé, sauf que le feu m'a laissé tomber...

Je n'ai pas attendu plus longtemps et me suis mis à ramer pour retourner à la plage.

CHAPITRE XV

LA FIN DE L'HISTOIRE

Je n'étais pas à mi-chemin quand j'ai entendu le bruit d'un moteur de bateau. C'était un engin puissant et je l'ai immédiatement reconnu. Le canot de sauvetage était seul, dans nos parages, à faire ce tintamarre.

Mon premier mouvement fut de donner un grand coup de rame, pour expédier le coracle vers la plage comme une flèche et prévenir les autres que des étrangers arrivaient. Nous avions tellement pris l'habitude, ces derniers jours, de nous cacher, nous enfuir, esquiver et nous faufiler dans les coins, que je me demandais si nous serions jamais capables, désormais, de nous allonger tranquillement dans un lit. Et puis, à la même seconde, j'ai réalisé que je serais très content, en fait, de me retrouver simple petit garçon, au lieu d'une sorte de jeune pirate.

J'ai replongé mes rames dans l'eau et suis resté

Là à me balancer, tout en essayant de voir si le bateau venait dans ma direction. Alors je l'ai aperçu qui doublait l'extrémité de la falaise, venant du quai. Sous la lumière qui tombait du mât, j'ai constaté qu'il y avait une foule de gens à bord, les yeux fixés sur la hourque des Coffey.

J'ai attendu que le moteur s'arrête et j'ai ramé à toute vitesse vers le canot de sauvetage. Je n'ai pas appelé, parce qu'il fallait encore penser à Andy. Comme j'arrivais contre le canot, une voix m'a interpellé d'en haut :

— Qui va là ? Répondez, vite !

— C'est Danny Mac Donagh, répondis-je et j'ajoutai, car j'avais aussitôt reconnu la voix de Bartley Conroy : « Pat est sain et sauf, ici, sur l'île, enfin... je pense qu'il l'est », terminai-je incertain, me rappelant dans quelle posture je l'avais vu en dernier.

— Où est ma mère ?

— En bonne santé, dans un endroit sûr.

À présent, le plat-bord était surmonté de visages. Le premier que j'ai aperçu était celui de mon père. Il a levé la main pour me saluer et j'ai répondu du même geste. John Conroy était là aussi, à côté de son père. J'ai vu de nombreuses vareuses à boutons d'argent portées, cette fois, par de vrais gardes. L'un d'eux m'a demandé :

— Est-ce que Luke-les-Chats est également avec vous ?

C'était le sergent maigre de Kilmoran. Il n'y

avait pas trace de l'énorme, du somnolent Johnny. J'imagine qu'ils l'avaient laissé à l'arrière pour maintenir l'ordre et faire respecter la loi à Kilmoran ; ou bien peut-être craignaient-ils qu'il ne fasse donner de la bande au bateau !

— Oui, Luke est ici, dis-je. Il est avec Pat en ce moment. Nous avons mis Mike Coffey en lieu sûr. Vous pourrez venir le prendre quand vous voudrez.

— Mis en lieu sûr ? Où donc ? Où est-il ?

Tous les gardes étaient excités, comme des chiens de chasse sur la piste.

— Je vous l'indiquerai dans un petit moment, assurai-je.

Tout à coup, j'étais en train de trembler doucement et pourtant je n'avais pas froid. John Conroy a passé une jambe par-dessus le plat-bord et s'est laissé tomber dans le coracle. Son père s'est frayé un chemin et l'a suivi. Puis vinrent mon père et le sergent, et un garde étranger que je n'avais encore jamais rencontré, mais qui, je l'ai appris plus tard, venait de Lettermullen.

J'ai vu que le capitaine hollandais était également sur le canot, tirant sur sa pipe comme s'il était assis auprès du feu dans une cuisine d'Inishrone. Et le plus étrange de tout fut d'apercevoir un enfant Clancy, un petit garçon d'environ huit ans, silencieux comme toujours, qui me regardait sans sourire.

— Pousse-toi à l'arrière, Danny, me dit John

en me prenant les rames des mains. Tu as fait assez de boulot pour une seule nuit.

Le patron du canot de sauvetage, Peter Fahy, de Rossmore, a jeté l'ancre et dit qu'il nous attendrait. Il m'a semblé que les cinq gardes qu'on laissait derrière étaient fort déçus. Puis nous nous sommes éloignés du canot, et nous avons fait route vers la plage.

Bartley Conroy a été le premier à sauter à terre. John et moi l'avons suivi. À nous trois, nous avons tiré le coracle au sec, afin que les deux gardes puissent aborder sans mouiller leurs bottes et le bas de leurs magnifiques pantalons. Mais ils ont fait aussi vite que nous pour remonter la plage jusqu'à la première crête herbue qui nous coupait la vue de la vallée.

Le clair de lune illuminait toujours la nuit. Je n'avais pas encore osé imaginer ce qui nous attendait. John a été le premier à voir Pat.

— Dieu soit loué ! murmura-t-il doucement. Regardez donc, ça c'est un cheval !

Voici qu'arrivait Pat : chevauchant l'étalon noir, il s'avançait lentement vers nous. Leurs mouvements étaient si pleins, si harmonieux, que cavalier et monture semblaient ne faire qu'un. L'étalon cambra le cou et balaya l'air de sa queue en dépassant notre petit groupe muet d'étonnement. Il s'est arrêté un moment et a piaffé comme s'il s'apprêtait à danser le menuet. Puis il s'est remis en marche.

— Quel beau gars tu fais, Patsou ! dit Bartley en éclatant soudain d'un rire bruyant.

— Je t'en prie, s'il te plaît, ne crie pas ! l'implora Pat.

L'étalon continuait sa route et il nous fallut le suivre pour entendre le reste. « Cet ami-là n'est pas un cheval ordinaire. S'il ne s'était pas épuisé à sauter et caracoler, il ne m'aurait jamais laissé grimper sur son dos. Et maintenant, j'ai peur de descendre ! »

C'est Luke et John qui ont arrêté l'étalon à eux deux. Il a tenté une fois de mordre, assez mollement, puis il est resté là tranquillement tandis qu'ils le tenaient par la crinière. Nous avons fait cercle pour l'observer. C'était un fait, il était épuisé d'avoir lutté avec Pat. Il nous a lancé un regard furibond et las, puis souffla doucement par les naseaux. Pat s'est laissé glisser précautionneusement à terre et, tout chancelant, il est venu me rejoindre.

— Ne me parle plus de chevaux pendant au moins une semaine, Danny ! supplia-t-il. Est-ce que tout va bien, dans la grotte ?

— Merveilleusement ! répondis-je.

— La grotte ? Quelle grotte ? Où est la grand-mère ?...

C'était Bartley, brusquement anxieux.

— Nous allons vous y conduire tout de suite, le rassurai-je.

Mais nous avons dû attendre une minute encore

avant de nous mettre en route, car voici qu'arrivait Andy, cheminant pesamment dans le léger brouillard qui montait du sol et traînant derrière lui son chapelet de chevaux.

— Qu'est-ce que je dois faire de ces bêtes ? demanda-t-il d'un ton plaintif. J'en ai vraiment par-dessus la tête de les tenir !

— Ha ! ha ! Andy Coffey ! s'esclaffa le sergent de Kilmoran. Comme tu me plais ! Je vais me charger de ces chevaux à ta place !

Et il a arraché la bride de tête des mains de Andy et l'a confiée à son collègue.

Ensuite, ils se sont tous dirigés vers le coracle des Coffey.

— Tu peux rester ici avec les chevaux, a ordonné le sergent de Kilmoran à l'homme de Lettermullen. Nous autres, nous allons dans le coracle — Luke-les-Chats, Bartley Conroy, John Conroy, Danny Mac Donagh, James Mac Donagh, Pat Conroy...

— On dirait le maître d'école en train de faire l'appel, Sergent, fit observer Luke. Ça ferait ricaner un chat de vous entendre, j'vous jure ! Si nous montons tous dans le coracle, il ne restera plus de place pour les passagers que nous devons prendre à la grotte.

Alors, le sergent a laissé Luke décider qui irait. En fin de compte, il n'y eut qu'eux deux, plus Bartley Conroy, qui avait hâte de s'assurer que sa mère était en bonne forme. Il ne nous avait rien dit pour l'avoir entraînée dans cette expédition, mais nous étions tout de même contents de ne pas être trop près de lui pendant un certain temps. Nous n'avions envie, ni l'un ni l'autre, de retourner à la grotte et nous préférions de beaucoup laisser à Luke la suite des opérations.

Lorsque le coracle fut parti, mon père s'est mis à nous poser des questions. Mais nos réponses étaient si désordonnées qu'il a très vite abandonné. Nous avions l'estomac dans les talons, car cela faisait des heures que nous n'avions rien mangé. Les provisions que nous avions apportées étaient restées dans la barcasse, de l'autre côté de la falaise. Nous ne pouvions même pas songer à en refaire l'escalade, fût-ce pour aller chercher des victuailles ! Mon père a deviné ce qui n'allait pas et il a soutiré un plein sac de gros bonbons à la menthe au garde de Lettermullen qui tenait les chevaux. Celui-ci les a cédés avec assez de bonne volonté, il faut le reconnaître.

Ensuite, mon père nous a fait courir en tous sens sur le sable, pour que nous n'attrapions pas froid, expliqua-t-il. C'est John Conroy qui a mis un terme à cet exercice. Il nous a dit que si nous ne prenions pas la vie du bon côté, nous serions bientôt si éreintés que ça ne vaudrait plus la peine de nous ramener à la maison...

À ce moment-là, nous avons vu le coracle revenir lentement de la grotte et se diriger vers le canot de sauvetage. John Conroy et mon père l'observaient intensément malgré l'obscurité.

— Pourquoi donc Luke-les-Chats se tient-il penché à l'arrière ? s'enquit mon père, au bout d'un instant.

— Nous avons oublié de vous dire que nous avions une petite pouliche sauvage dans la grotte, avec la grand-mère, expliquai-je. Je suppose qu'ils la font nager derrière le coracle et que Luke lui tient le museau au-dessus de l'eau.

Nous sommes allés jusqu'à la lisière des flots, voir comment ils allaient se débrouiller pour faire grimper la pouliche dans le canot. Cela n'a pas semblé trop difficile. Ils avaient à bord un petit appareil qui servait habituellement à hisser hors de l'eau les marins naufragés. Il a également bien fonctionné pour la pouliche. Ensuite, le sergent, Luke et Bartley sont revenus en chœur nous chercher avec le coracle. Ils amenaient un garde de Rossmore.

Il fut décidé que les deux gardes passeraient le reste de la nuit sur l'île. Le sergent leur a promis d'envoyer le lendemain un gros bateau, pour ramener à Galway la cordée de chevaux volés. Il a remis aux hommes du pain, du fromage et du chocolat, pour les soutenir pendant leur attente. Ils n'ont pas beaucoup aimé cet arrangement, mais ils ne pouvaient pas se plaindre.

Le canot de sauvetage nous a reconduits près de la barcasse de Luke. Elle était maintenant à flot grâce à la marée montante et semblait nous avoir attendus bien patiemment. Luke n'avait jamais imaginé que nous pourrions ne pas avoir envie de rentrer avec lui. Aucun de nous n'a osé lui dire que nous avions peur que son bateau ne soit pas capable de tenir la mer aussi bien que le canot de sauvetage. Quand John Conroy a proposé de nous accompagner dans la barcasse, nous nous sommes sentis un peu soulagés. Peter Fahy nous a donné une grosse lanterne à accrocher au mât.

La grand-mère était confortablement assise dans un coin abrité du canot de sauvetage, riant toute seule, un plein verre d'eau-de-vie à la main. Elle nous a fait une magnifique grimace mais n'a rien dit. Du coin de l'œil, j'ai pu voir Mike Coffey et Andy, debout côte à côte, qui nous observaient. En dépit de leurs vilaines actions, j'ai ressenti un élan de sympathie pour eux. J'ai été content que le canot se mette en route et disparaisse dans la nuit. Sa lanterne se balançait doucement au mouvement des vagues.

Quand on l'eut perdu de vue, Luke a poussé un long soupir de satisfaction.

— Je ne sais pas ce que vous en pensez, dit-il, mais moi, je m'accommoderais bien d'un petit somme.

Il eut un rire bref : « Ha ! Avez-vous vu la vieille dame, avec l'air content d'un chat dans une charcuterie ? Elle ne se trouve pas plus mal que ça d'avoir découché ! »

Nous sommes enfin partis et avons marché dans

le sillage du canot. Luke était ravi d'avoir John à son bord, et il a passé les dix premières minutes à lui démontrer à quel point sa barcasse était merveilleuse. Entre-temps, Pat et moi avions trouvé la miche de pain et nous nous sommes employés à la réduire à néant au plus vite. Bien que John étouffât de curiosité, il était trop poli pour interrompre Luke. À la fin, pourtant, Luke lui-même ramena la conversation sur les événements de la nuit en s'exclamant :

— C'est un péché, une vraie honte de laisser cette île à l'abandon. On pourrait y élever des chevaux, comme on faisait dans le temps. En tout cas, il ne faut pas arracher l'étalon à son île. Ce serait briser son cœur noir, c'est sûr ! À propos, qui est propriétaire de l'île des Chevaux ?

— Je suppose qu'elle nous appartient, à présent, répondit John. Tous les gens de l'île sont partis à Portland, en Amérique, après le désastre. Il n'y a que ma grand-mère qui soit restée au pays, à Inishrone, où elle s'est mariée. Il se peut que des gens, à Portland, la revendiquent mais, à mon avis, ils n'ont pas envie de s'empoisonner avec ça. Si nous élevons des chevaux ici, termina-t-il pensivement, je n'ai plus besoin de me lamenter pour le poulain noir que Stephen Costelloe va recevoir.

— Vous n'allez pas lui donner le poulain, maintenant, après qu'il a essayé de vous rouler en s'en procurant un autre ? s'écria Luke avec indignation.

— Il le faut bien, pour Barbara, répondit John.

D'ailleurs, Stephen ne s'aperçoit même plus qu'il triche, à présent, tellement il en a pris l'habitude. La mère de Barbara est une femme merveilleuse, pleine de cœur. Je me demande souvent comment elle a pu épouser un pisse-vinaigre comme Stephen !

Luke eut un reniflement de mépris.

— Si le chat avait du bien au soleil, on le demanderait en mariage... Je ne dis pas qu'elle l'a épousé pour son argent, se hâta-t-il d'ajouter. Je pensais plutôt que sa famille avait dû choisir Stephen pour elle, croyant peut-être faire ainsi son bonheur.

Pat et moi avions failli étouffer en ravalant notre fou rire devant la façon qu'avait Luke de toujours mettre des chats dans ses proverbes ou dictons.

Après cela, il a fallu que nous racontions à John tout ce qui nous était arrivé, dans les moindres détails, depuis notre enlèvement par Foxy et Joe, jusqu'à l'arrivée du canot de sauvetage à l'île des Chevaux. En retour, il nous a appris comment le fils Clancy, que nous avions vu sur le canot, avait entendu l'aînée des demoiselles Doyle parler au téléphone à Mike Coffey pour lui signaler que nous avions pris la mer dans la barcasse avec la grand-mère. Comme tout un chacun à Inishrone, Mlle Doyle avait commis l'erreur de penser que puisque le petit Clancy ne parlait pas, il n'entendait pas non plus. L'enfant avait aussitôt couru au « Vent dans les Voiles », où tous les hommes étaient rassemblés. Il avait tiré sur les pans de la veste de Bartley pour obtenir son attention. Alors, il avait murmuré l'information qui avait expédié le canot de sauvetage sur nos traces. La promenade dans le canot avait été sa récompense. La vue de la hourque de Mike, ancrée à quelque distance de la plage, les avait amenés à s'y rendre.

— Mais pourquoi Mlle Doyle en est-elle venue à espionner et à tout rapporter ensuite à Mike Coffey ? m'étonnai-je. Je comprends bien maintenant que Foxy et Joe étaient d'accord avec elle, eux aussi. Mais je ne vois pas ce qu'elle pouvait avoir à faire avec ces canailles ?

— On le lui a fait dire, avant de partir, expliqua John. Elle a avoué que Mike avait promis de la faire transférer à un bureau de poste du continent. Il lui a raconté qu'il était très puissant et qu'il n'avait qu'à demander une faveur de ce genre pour l'obtenir. Mike se servait de l'île des Chevaux depuis plusieurs années déjà, à ce qu'elle dit. Il avait l'habitude d'y amener des chevaux volés et de les y laisser jusqu'à ce que les histoires se soient tassées. Il avait toujours peur que les gens d'Inishrone ne découvrent son trafic. Mlle Doyle le mettait au courant dès qu'elle pensait que quelqu'un avait des doutes. Elle était en proie à un remords terrible quand nous l'avons quittée. C'est pour ça que ta mère, Danny, et la mienne n'ont pas pu venir avec nous. Elles étaient en train de réconforter Mlle Doyle, rien que ça, elles lui disaient combien nous l'aimions tous et elle, elle promettait de bien se conduire à l'avenir. Elle a même dit qu'elle ferait poser des demi-portes à sa maison, afin que tout le monde puisse entrer et sortir en voisins. La sœur avait l'air de trouver que ça lui plairait bien. Je crois que la vieille la tient pas mal enfermée.

Le ciel commençait à s'éclaircir du côté de l'orient, quand nous avons touché au quai, à Garavin. Le canot de sauvetage était déjà là depuis longtemps, bien sûr, et toute la population de l'île semblait s'être réunie pour nous souhaiter la bienvenue. À cette heure, Pat et moi titubions de fatigue. Nous avons été très heureux qu'on nous fourre dans un side-car pour nous emmener chez nous et au lit.

Quant à Luke, qui parlait tant de dormir, il n'est pas venu avec nous. Il est monté au « Vent dans les Voiles » avec les hommes et a dévoré une énorme platée de pommes de terre froides avec du lait caillé, offerts par Matt Faherty. Luke et Matt ont découvert qu'ils avaient un tas de choses en commun et de ce jour et à tout jamais ils sont devenus une paire d'amis.

Le matin suivant, les Conroy sont allés à Rossmore. Pat les a accompagnés aussi et c'est lui qui m'a raconté comment Stephen Costelloe a reconnu qu'il était le plus lamentable individu des trois paroisses et comment il a même promis à Barbara une dot de vingt vaches avec leurs veaux pour son mariage.

Luke n'arrivait pas à admettre que Barbara n'avait aucune ressemblance avec son père. Il continuait à hocher la tête à l'idée qu'un type formidable comme John allait gâcher sa vie en se mariant avec une fille nantie d'une si lourde hérédité.

— Que peut faire le rejeton du chat, sinon tuer les souris ? disait Luke.

Mais en regagnant Kilmoran, il s'est arrêté à Rossmore pour la voir, après quoi, exactement comme nous nous y attendions, il ne pouvait plus trouver de mots assez beaux pour la décrire. Il vint au mariage et chanta une longue et merveilleuse ballade qu'il avait composée pour elle.

Mike Coffey a passé un certain temps en prison, pour avoir volé des chevaux dans les haras. Andy, lui, n'est pas allé en prison, parce que personne n'a estimé que cela en valût la peine. D'après Luke, il passait son temps à apporter des petits sacs de friandises à son père. Quand Mike a été libéré, ils ont changé leur façon de vivre. Ils ont monté une boutique dans une ville de l'intérieur, à Tipperary, où Mike s'est fait une grande réputation de marin plein de science. Il n'a plus jamais parlé de chevaux.

Ainsi donc, Pat réussit, en fin de compte, à mettre sur pied son affaire de laine et l'âge d'or s'est vraiment établi à Inishrone, comme en beaucoup d'autres îles au long de nos côtes.

La grand-mère n'a plus jamais quitté la maison.

Tout au long des jours elle restait assise au coin du feu, souriant toute seule de bonheur chaque fois qu'elle pensait à son expédition. Mais elle n'en parlait jamais, sauf à moi et à Pat, et encore, elle attendait toujours que nous soyons seuls. Le châle magnifique était irrémédiablement gâché, tout couvert de moisissure verdâtre provenant des parois de la grotte et taché d'eau de mer. Mais elle s'en moquait ! Ainsi qu'elle le disait elle-même, maintenant qu'elle était retournée une dernière fois à l'île des Chevaux, elle n'en aurait plus jamais besoin.

TABLE DES MATIÈRES

Si tu as aimé ce roman,
tourne la page
et découvre vite un extrait de

La balafre

de Jean-Claude Mourlevat

[…]

Nous sommes donc descendus à S… pour les fêtes.

Pendant les quatre mois passés à La Goupil, je n'avais pas rêvé une seule fois du chien ni de la petite fille. J'y avais pensé sans cesse, bien sûr, tantôt à cette nuit de septembre où le chien s'était jeté sur moi à travers la grille, tantôt à ce matin de novembre où il m'était apparu dans la rue avec la petite, dans cette blancheur irréelle. Je pensais aussi souvent à la mère Goret et à ses signes de croix. J'y pensais toujours mais au moins le chien, la petite fille et la mère Goret me laissaient-ils en paix pendant la nuit.

Étrangement, c'est dans notre maison de S…, alors que j'aurais dû m'y sentir à l'abri, que les cauchemars ont commencé. Quelquefois le chien finissait par briser la grille et il me sautait à la gorge. Je n'arrivais pas à appeler au secours. Il me laissait mort et égorgé au milieu de la route et je le voyais s'éloigner, sa gueule dégoulinant de mon sang. Une autre fois il était au pied de mon lit et jouait avec la petite fille.

Quand ils me voyaient éveillé, ils me regardaient en souriant. Le chien aussi souriait. Je leur hurlais de partir mais ils n'entendaient pas. Cela se finissait toujours de la même façon : la petite fille devenait très pâle, se tournait vers moi au ralenti et me faisait avec deux doigts un signe presque imperceptible que je ne comprenais pas et qui me terrifiait.

Mais la personne la plus présente dans mes rêves était la mère Goret. Elle tapait à la porte, j'ouvrais, elle apparaissait avec sa chienne morte sous un bras :

– Si vous voulez des œufs, j'en ai…

Dans un autre rêve elle était couchée à côté de moi dans le lit, froide et immobile. Elle fixait le plafond en répétant d'une voix rauque :

– Passe-moi le journal, petit merdeux !

Je m'éveillais en sueur, j'allumais la lampe et je devais lire une heure avant de pouvoir me rendormir.

Une nuit, je n'ai pas retrouvé le sommeil du tout et j'ai fini par me mettre à la fenêtre. Le pont sur la Loire était éclairé. Une voiture y est passée, trop lointaine pour que je l'entende. Comme si elle avait glissé dans le silence.

Lorsque j'étais petit garçon, je me postais ici parfois et je pariais sur le nombre de voitures qui s'ajouteraient à la file immobile lorsque le feu était au rouge. Ou bien sur ce qui arriverait en premier d'un côté ou de l'autre. Une voiture blanche venant de la gauche ? Non, un camion orange du côté droit… Ou bien sur le temps record pendant lequel il n'y aurait rien du tout sur le pont… Est-ce que je m'ennuyais à ce point pour trouver du charme à ce jeu ? Un après-midi, je devais avoir sept ou huit ans, j'avais demandé à maman pourquoi je n'avais ni frère ni sœur. En continuant son repassage elle m'avait expliqué qu'ils avaient eu beaucoup de mal à m'avoir et que ça n'avait pas marché une deuxième fois. Et puis elle m'avait pris dans ses bras et serré très fort. On n'en avait plus jamais reparlé.

Pendant cette petite semaine à S… les journées ne valaient guère mieux que les nuits. Pas de neige et donc pas de ski comme je l'avais espéré. Un temps gris et triste. On avait l'impression de camper dans notre propre maison puisque la moitié des meubles était à La Goupil. J'ai essayé de contacter les copains mais la plupart étaient partis en vacances et les autres passaient les fêtes en famille. Comme Caroline n'avait jamais répondu à ma lettre, je n'osais pas aller la voir ni l'appeler au téléphone. Bref : des vacances de rêve.

On a fait le réveillon chez l'oncle Maurice et dès le lendemain matin on a repris la route, la route vers l'angoisse.

Est-ce que je n'aurais pas dû tout raconter à mes parents ? Pendant le trajet, l'idée m'en est venue plusieurs fois. Ils m'écouteraient, bien sûr, mais est-ce qu'ils avaient la moindre petite chance de me croire ? Est-ce qu'une personne au monde avait la moindre chance de me croire ?

Jérôme. Sans doute. Il me croirait. Mais je serais bien avancé. C'était le genre de garçon que l'affolement gagnait facilement.

Il m'avait raconté plus de dix fois comment on lui avait volé un jour sa bicyclette, sous ses yeux, à la piscine.

– Une chance, il n'y avait pas la pompe… j'ai sauvé la pompe !

L'événement de sa vie. Alors des apparitions de fantômes… C'était un coup à le tuer.

Au début de l'automne, mes parents étaient venus me récupérer chez lui. Il avait fallu qu'ils entrent et qu'ils boivent l'apéritif – mais si, mais si… tout de même ! Les fauteuils du salon étaient garnis en haut du dossier de petites housses pour ne pas salir avec la nuque. On osait à peine s'asseoir. La maman de Jérôme s'était donné un mal fou et l'apéritif improvisé s'était vite transformé en véritable réception. Elle pérorait sans cesse avec la nervosité des gens qui reçoivent peu. Le père, grand et doux comme son fils, faisait pâle figure à côté d'elle. Une semaine plus tard, ce sont eux qui étaient venus chercher Jérôme à la maison.

– Vous allez bien entrer une seconde, avait dit maman.

Comment faire autrement ? On leur a fait boire un peu de citronnade tiède (on n'avait plus de glaçons) dans des verres à moutarde de différentes tailles. La honte.

Non, décidément, il valait mieux laisser Jérôme en dehors de tout ça.

À bien y réfléchir, il y avait une seule personne qui pouvait m'aider, et pour cause, elle en savait plus que moi : c'était la mère Goret. Mais comment l'amener à parler ?

Maman somnolait dans la voiture. On n'était plus très loin de La Goupil. Une pluie fine a commencé à tomber et mon père a mis en marche les essuie-glaces. Puis il a allumé l'autoradio.

– C'est l'heure du journal…

Mes parents disent « le journal » pour les infos. C'est là que j'ai eu l'illumination.

Il avait donc fallu tout ce temps pour que j'y arrive. C'est étrange comme les choses font leur chemin dans le cerveau, se croisent, se recoupent, restent tapies dans le réservoir des souvenirs, remontent à la surface, il s'y ajoute les rêves ou le hasard d'un mot entendu et puis un jour, plof ! l'œuf est pondu.

Le journal. Bien sûr. Les journaux. Les vieux journaux sous la table de la mère Goret ! J'ai su immédiatement que j'avais trouvé. Ce que je cherchais depuis des mois sans le savoir, c'était cela : les journaux sous la table de la mère Goret ! Pourquoi est-ce qu'elle les aurait gardés, sinon ?

Imprimé en France sur Presse Offset par

BRODARD & TAUPIN

GROUPE CPI

La Flèche (Sarthe), le 11-10-2001
N° impression : 9303

Dépôt légal : mai 1995

12, avenue d'Italie • 75627 PARIS Cedex 13

Tél. : 01.44.16.05.00